KB078491

天魔神教
洛陽本部

천마신교
낙양본부

천마신교 낙양본부 23

정보석 新무협 판타지

초판 1쇄 찍은 날 § 2022년 4월 8일
초판 1쇄 펴낸 날 § 2022년 4월 15일

지은이 § 정보석
펴낸이 § 서경석

편집책임 § 이준영
디자인 § 노종아

펴낸곳 § 도서출판 청어람
등록번호 § 제387-1999-000006호
등록일자 § 1999. 5. 31
어람번호 § 제2-2907호

본사 § 경기도 부천시 부일로 483번길 40 서경B/D 3F (우) 14640
편집부 § 서울시 구로구 디지털로 272 한신IT타워 404호 (우) 08389
전화 § 02-6956-0531 팩스 § 02-6956-0532
http://www.chungeoram.com
E-mail § chungeorambook@daum.net

ⓒ 정보석, 2020

ISBN 979-11-04-92427-9 04810
ISBN 979-11-04-92204-6 (세트)

※ 파본은 구입하신 서점에서 교환하여 드립니다.
※ 저자와 협의하여 인지를 붙이지 않습니다.
※ 이 책은 도서출판 청어람과 저작자의 계약에 의해 출판된 것이므로,
　무단 전재 및 유포·공유를 금합니다.

天魔神教
洛陽本部

정보석 新무협 장편소설

FANTASTIC ORIENTAL HEROES

천마신교
낙양본부

23

天魔神教
洛陽本部
천마신교
낙양본부

次例

第一百十一章

"드, 드래곤!"

알비온은 숨이 턱 막혀 한동안 숨을 쉬지 못했다. 그는 자기도 모르게 두세 발자국 뒷걸음질 쳐서 벽면에 몸을 기댄 후에야 몸을 가눌 수 있었다.

동공 내부의 마법사들은 모두 주문을 읊는 데 집중하고 있었다. 때문에 운정이 들어온지 몰랐다.

운정은 천천히 중심을 향해 걸어갔다. 그리고 드래곤 앞에 섰다.

그러자 그의 귓가에 목소리가 들렸다.

[오? 오랜만이군.]

노마나존인데도 메시지 마법처럼 머릿속에 말이 직접 들렸다.

그 어투에 운정의 눈썹이 꿈틀거렸다.

전에 들어 봤던 어조였기 때문이다.

그는 드래곤을 향해 나지막하게 물었다.

"저를 아십니까?"

드래곤의 입가가 살짝 들렸다.

[기억하고 말고. 그 마법사가 숨어서 나를 멸하는 마법을 준비하고 있었다는 걸 알았다면, 그리 장난질하며 시간을 보내진 않았을 텐데. 지금껏 영겁의 세월을 살아왔지만, 후회라는 걸 하는 순간은 손에 꼽으니 그중 하나를 선사한 널 기억하지 못할 리가 없지 않느냐?]

운정은 나지막하게 중얼거렸다.

"그때 죽지 않으셨군요."

[아, 그 '나'는 죽었다.]

"그 '나'?"

[그토록 영롱하기 짝이 없는 눈빛을 가진 자가 아직도 눈치채지 못했다니, 참으로 유감이구나. 네 지혜는 네 힘보다 더할 터인데, 어찌 아직도 모르느냐?]

운정은 잠시 생각한 뒤 나지막하게 말했다.

"모든 드래곤은 하나의 지성체이로군요. 유니크(Unique). 한 종류의 유일한 한 개체. 드래곤이란 당신의 종족을 표현하는 말이면서 당신 자체를 나타내는 말이로군요."

[썩 좋은 표현은 아니다만, 그렇게 생각하는 편이 좋을 것이다. 너희의 그 작은 머리로 이해하려면 고작 그 정도가 최선일 테니.]

운정은 드래곤의 몸체를 바라보았다. 그 위로 은은한 황금빛이 나는 수많은 문양이 어지럽게 움직이고 있었다.

운정이 말했다.

"이 마법사들에게 속박된 채로 노마나존의 매개체 역할을 하고 계시는군요."

[그래, 왜? 네가 구해 줄 터이더냐?]

"그럴 생각이었습니다만, 보아하니 당신은 당신이 원해서 이곳에 가만히 있는 듯합니다만, 아닙니까?"

[꼭 그렇지만은 않아. 처음 잡힐 때는 흥미가 돋아서 잡혀 준 것은 있지만, 지금은 엄연히 깨어나지 못하는 마법에 걸려서 몸을 쓰지 못하고 있는 거니까.]

"그런데도 의사소통은 자유롭게 하시는군요."

[그야 나를 잠들게 만든 저들의 마법에는 큰 결함이 있으니까. 그들은 나라는 존재에 대해서 오해했지. 방금 전까지 네가 한 것처럼. 그러다 보니, 내 정신까진 영향을 받지 않는다.]

운정은 흥미롭다는 듯 물었다.

"그럼 다른 드래곤들을 데려와서 이 몸체를 구해 주면 되지 않습니까?"

[다른 '내'가? 왜? 왜 그래야 하지?]

"여기서 나가기를 원하시는 게 아닙니까?"

[그건 이 '나'가 원하는 것이고. 다른 '나'는 상관이 없다.]

"……."

[당연한 소리를 하는군. 너희 인간들의 사고방식은 언제 들어도 흥미롭다. 다른 '나'들로 이 '나'를 구하라? 정말 창의적인 생각이야. 의미가 없다는 것만 빼면 말이지. 하기야 인간이 하는 모든 것이 그러하지. 창의적이고 허무해.]

운정은 더 이해하기를 포기했다.

그가 직접적으로 용무를 말했다.

"제가 이곳에 온 이유는 다름 아니라 당신을 구출하고 그 대가로 당신께 부탁드릴 일이 있기 때문입니다."

[오호? 거래를 하고자 하는가?]

"그렇습니다."

드래곤은 잠시 말이 없다가 물었다.

[나를 죽인 이를 내가 왜 믿어야 하지? 그래, 운정. 그게 네이름이었지. 운정, 너는 너를 죽인 이를 믿느냐?]

"전 아직까지 죽은 적이 없습니다. 그러니 그 답변을 할 수 없겠군요."

[아니, 넌 한 번 죽은 자다. 정녕 모르는가?]

"……."

[네 상식과 모순을 발생시키기에 그것을 알면서도 모르는 척하고 있는 것 같지만, 실상은 너도 눈치채고 있었을 것이다. 너는 죽었었다, 운정.]

운정은 한동안 말이 없었다.

그는 시선을 아래로 내리더니 말했다.

"그렇다 하여, 날 죽인 이를 믿을 수 있는지 없는지를 알 수 있는 건 아닙니다."

[그럼 너희 인간 식으로 질문을 바꿔 보지. 널 죽이려 한 자를 믿을 수 있겠느냐?]

"믿을 수 없지요."

[그럼 내가 널 믿지 못함을 더 설명할 필요가 없겠군.]

운정은 나지막하게 말했다.

"전 제 말을 항상 지킵니다."

[그래서? 네가 선한 것과 내가 너를 믿는 것이 무슨 관계가 있느냐? 네게는 인간 특유의 임의적인 선악의 기준이 존재하며, 난 그 선악이라는 개념 자체를 받아들일 수 없는데, 우리 둘 사이에 어떤 신용이 성립할 수 있겠느냐?]

"……."

[관계는 신용 위에 있는 것이지. 그렇기에 드래곤과 인간은 관계를 맺을 수 없다. 내가 말하지 않았느냐? 너는 그저 나에게 있어 유희 거리이니라. 내가 너를 기억하고 네 이름을 안다 하여, 나와 어떤 유대감을 가졌다 착각하지 말거라.]

그때 운정이 눈을 크게 떴다.

유희 거리.

그는 잠시 생각한 뒤에, 다시 눈을 들어 드래곤을 보았다.

"그렇다면 유희 거리를 드리겠습니다."

[유희 거리?]

운정은 고개를 끄덕였다.

"지금 이 도시로 네 개의 유성이 날아오고 있습니다. 전 이 도시에 남아 있는 많은 생명들이 그 유성들에 의해서 사라지기를 원하지 않습니다. 때문에 이 유성들을 막아 낼 생각입니다."

[유성을… 막아 낸다?]

드래곤의 어투가 전과는 상당히 변했다.

운정은 고개를 한번 끄덕이며 말했다.

"대기권에서 유성을 그 중심까지 잘라 낼 테니, 그 안으로 불을 뿜어 주십시오. 전에 당신이 산과 들을 모조리 잿더미로 만들었던 화력이면 충분히 유성을 공중에서 폭파시킬 수 있을 겁니다."

[……]

"지금까지 살아오면서 수많은 것을 파괴하셨을 겁니다. 그런데 하늘에서 떨어지는 유성을 파괴하신 적은 있으십니까?"

드래곤은 영원한 영겁의 세월 동안 무수히 많이 존재하는 모든 순간들을 떠올렸다.

그러나 어떠한 '나'로도 유성을 파괴한 적은 없었다.

[없구나, 없어.]

"이 속박을 풀어 드리겠습니다. 그 이후 저와 유성을 함께 파괴해 보시지 않겠습니까?"

[그거 아주 재미있는 발상이로군.]

"이것은 거래가 아닙니다. 그러니 전 당신을 강제하지 않겠습니다."

드래곤은 잠시 고요했다.

그러나 그것도 잠시, 곧 그의 음성이 들렸다.

[좋다. 네가 말한 대로 유성을 파괴하지. 이 세상에 내가 아직 파괴해 보지 않은 것이 존재하다니.]

운정은 손을 옆으로 뻗었다.

그러자 영령혈검에서 한 줄기 초승달 검기가 출수되어 방 안의 가장자리를 한 번 크게 훑었다. 그러자 마법사들의 지팡이 끝이 모조리 잘려 나가며 그들이 읊고 있던 주문을 끊어 버렸다.

그러자 드래곤의 육신 위로 떠다니던 황금빛 문양이 일순간 사라지고 룸 전체를 짓누르고 있던 노마나존이 완전히 증발했다.

하나둘씩 정신을 차린 마법사들은 지팡이 끝이 사라진 것에 당황하며 서로를 돌아봤다.

운정이 큰 소리로 말했다.

"하나만 대답해 주신다면 모두 보내 드리겠습니다. 이 모든 일을 마스터 막크가 꾸민 것입니까?"

"……."

"그 질문에 답만 해 주시면 됩니다."

모두들 눈치를 보는데 한 마법사가 그에게 말했다.

"맞습니다. 마스터 막크가 계획한 겁니다."

운정은 고개를 끄덕이더니 말했다.

"좋습니다. 모두들 이곳을 떠나십시오."

그때 마침 드래곤이 크르릉거리며 크게 숨을 내쉬었다.

이에 유성보다도 당장 드래곤이 두려워진 마법사들은 너나 할 것 없이 얼른 계단을 통해 빠져나갔다. 어떤 이들은 지팡이 없이 공간이동을 직접 시전해 사라졌다.

운정은 뒤를 돌아 알비온을 바라보았다.

"노마나존이 없어졌으니 수석 마법사께서도 돌아가십시오."

알비온은 드래곤을 찬찬히 바라보다가 나지막하게 말했다.

"드래곤과 함께 유성을 파괴하실 생각이십니까?"

"그렇습니다."

알비온은 잠시 말이 없다가 이내 나지막하게 말했다.

"드래곤이 갑자기 깨어나면 그 분노를 주체하지 못할 가능성이 큽니다. 최대한 느리게 깨어나게 하면서 그 분노를 달래는 것이 좋을 겁니다. 어차피 유성이 당도하기까지는 시간이 있으니, 그동안 도와드리겠습니다."

운정이 고개를 저었으나, 그의 뒤로 드래곤의 소리가 들렸다.

[그 마법사의 말이 맞다. 지금 내가 깨어난다면, 내 분노로 인해서 유성보다도 도시를 먼저 파괴하려 할 것이다. 하지만 그렇게 했다가는 유성을 파괴할 수 있는 이 좋은 기회를 잃어버리게 되겠지. 그러니 그 마법사의 말을 들어라, 운정.]

운정은 과거 드래곤과 그의 분노에 관해서 대화했던 것을 기억했다.

그는 생각을 바꾸었다.

"좋습니다. 다만 유성이 다가왔을 쯤에는 떠나셔야 합니다."

알비온은 살짝 미소를 짓더니 곧 지팡이를 높이 들고 드래곤을 향해서 주문을 외우기 시작했다. 그러자 점차 몸을 일으키던 드래곤의 움직임이 살짝 둔해졌고, 그의 육신에 다시금 황금빛 문양이 떠오르기 시작했다.

알비온은 그 마법을 전혀 몰랐기에, 그 마법이 즉시 흩어져 버리는 것만 최대한 막아 냈다. 이는 한 번에 뚫리는 것을 방지하면서 그 충격을 줄이는 것과 같았다.

한 시간 가까이 흐르자, 알비온은 지팡이를 내렸다.

그동안 옆에서 운기조식을 펼쳐 심신을 다지던 운정은 눈을 뜨고 몸을 일으키더니, 알비온에게 말했다.

"어서 가시지요."

알비온은 고개를 끄덕이더니 말했다.

"뒷일을 부탁드립니다."

그는 이내 공간이동 마법을 시전했고, 곧 그 자리에서 사라졌다.

그리고 그때쯤 드래곤의 눈꺼풀이 서서히 떠지더니, 세로로 길게 찢어진 두 눈동자가 세상에 모습을 드러냈다.

쿠오오오-!

드래곤은 목을 높게 들고 포효했다.

그 포효는 단순히 공기를 울릴 뿐 아니라 그 공간 자체를 울려 정신과 영혼을 뒤흔드는 듯했다. 건물이 위아래로 마구 떨리면서 쩌억 쩌억 금이 가기 시작했다.

운정이 말했다.

"일단 밖으로 나가야 합니다."

드래곤은 날개를 활짝 펼쳤다. 그리고 막혀 있는 천장을 향

해서 마치 날아오르는 것처럼 두 다리를 크게 굴렀다. 그러자
놀랍게도, 그 육중한 몸은 건물의 지하 충수를 모두 뚫어 버
리고 지상으로 서서히 올라가기 시작했다.

쿠구궁, 쿠구구궁.

건물이 완전히 무너져 내리면서 자욱한 먼지를 만들어 냈
다. 그런데 그 먼지구름 속에서 거대한 드래곤의 형상이 떠
오르더니, 두 날개가 크게 움직이며 모든 흙먼지를 걷어 냈
다.

드래곤의 두 눈이 서서히 분노로 물들어 가는데, 그의 코앞
에 운정이 나타났다.

"유성, 지금 파괴하러 갑시다. 날 따라오십시오."

그 말이 울리자, 드래곤의 두 눈에서 일순간 호승심이 떠올
랐다. 분노가 사라진 것은 아니나, 호승심이 그것을 뚫고 치솟
은 것이다.

다행히 그곳에서부터 멀지 않은 곳에 높은 산이 있었다. 운
정은 앞장서서 나아가며 큰 소리로 사람들에게 멀어지라 외쳤
고, 덕분에 사람들은 드래곤에 의해서 짓뭉개지지 않을 수 있
었다.

건물이고, 성벽이고, 모조리 파괴하며 나아간 드래곤은 높
은 산 정상까지 단숨에 올라갔다. 운정이 드래곤의 머리 위에
서서 그에게 말했다.

"북쪽 하늘을 보십시오."

드래곤이 고개를 들어 그곳을 보자, 어둠 속에서 총 네 개의 유성이 긴 꼬리를 달고 롬을 향해 날아오고 있었다.

드래곤은 거대한 날개를 양쪽으로 뻗더니 공중에 몸을 던졌다.

부우웅-!

날개 아래 만들어진 두 태풍은 육중하기 짝이 없는 드래곤의 육신을 공중에 띄웠고, 드래곤은 끝없이 날갯짓을 하며 밤하늘 높이 날아올랐다.

운정은 선기를 이용하여 바람의 막을 형성했고, 그것으로 공기를 붙잡아 두었다.

휘이잉-!

고도가 높아지면 높아질수록 온도는 차가워졌고, 공기는 희박해졌다.

그러나 그것도 어느 한계점까지.

그 위로는 아무것도 존재하지 않았다.

그렇게 그들이 무에 가까운 공간에 도달했을 때에, 네 개의 유성이 코앞까지 날아들었다.

*　　　　*　　　　*

"우웩엑."

아무것도 먹지 않았기 때문에 위장에는 나올 것이 없었다. 그럼에도 위장은 위장 자체라도 내보내려고 하는 듯 끊임없이 구역질을 시도했다. 이미 참을 만큼 참아서 더 이상 참을 의지도 없었기에, 그저 본능에 이끌리는 대로 구역질을 하는 수밖에 없었다.

"우욱, 우엑."

보다 못한 브리타니가 미에느에게 다가와 말했다.

"공주님, 괜찮으십니까?"

그는 미에느의 등을 쓸어내려 주었고, 미에느는 역한 기분이 조금 가시는 걸 느꼈다. 하지만 그것도 잠시. 이후 10분여 동안 구토가 이어졌다.

침이고, 콧물이고, 눈물이고, 뭐고, 있는 샘이란 샘에서 모든 것을 쏟아 낸 미에느는 극심한 갈증을 느꼈다. 하지만 물을 마시는 상상을 하는 것만으로도 다시금 속이 올라올 것 같았다.

브리타니는 미에느를 부축해서 한 의자에 앉게 해 주었다. 미에느는 멍한 눈으로 원망하듯 하늘을 바라보았다.

"운정 도사와 신무당파 기사들은 모두 멀쩡해 보이던데. 무공, 나도 배울 수 있을까?"

브리타니는 그녀의 옆에 같이 앉더니 나지막하게 말했다.

"기밀일 텐데, 가능하겠습니까? 불가능할 겁니다."

"아니, 진짜. 무공을 다 배울 건 없고. 그냥 이 공간이동에 의한 멀미만 좀 없어지는 것만. 딱 그것만 연구해서 배우려고."

"안 될 겁니다."

미에느는 눈앞이 핑그르르 도는 것을 느끼곤 눈을 얼른 감아 버렸다. 그러곤 양손을 머리에 가져가서 고통이 느껴지는 부분을 지그시 눌렀다.

그러자 순간적으로 뇌에 피가 공급이 끊기며 정신이 아득해졌는데, 오히려 그 편이 더 나았다.

브리타니는 미에느 공주의 안색을 살폈다. 얼굴을 보니 멀미기는 많이 사라진 듯싶었다. 그가 조심스럽게 말했다.

"미에느 공주님."

"웅?"

"겨우 일곱 명이서 과연 가능하겠습니까?"

미에느는 고개를 끄덕였다.

"가능할 거야."

"어떻게 그렇게 확신하십니까?"

"왜냐면 이건 솔직히 운정 도사 혼자 해도 되는 일이거든."

"예?"

미에느는 눈을 떴다. 그러곤 손을 들어 한쪽에 있는 물병을 가리켰다. 브리타니는 얼른 자리에서 일어나서 물병을 가져왔다. 그러자 미에느는 그것을 병째로 마셨다.

탁.

터프하게 내려놓은 미에느가 말했다.

"오히려 혼자 하는 게 편했을걸? 운정 도사의 생각이 뭔지는 모르겠지만 말이야. 제자들을 가르치기 위해서 함께 움직인 걸까?"

"그, 그런⋯⋯."

"다시 말하자면, 그 정도로 여유를 부려도 괜찮다는 뜻이겠지."

"⋯⋯."

"아니어도 크게 상관은 없어. 실패했다 치면 연합군을 모조리 집정관으로 출격시키면 되니까."

"그러다가 정말로 집정관에서 미티어 스트라이크 마법을 롬에 시전해 버리면 어떻게 합니까?"

"그럼 후퇴 명령을 내려야지. 물론 혼선이 있겠지만, 적어도 라마에시스군은 내 명령에 복종하고 즉각 후퇴할 거야. 다른 나라는 군대를 상당히 잃겠지만."

"⋯⋯."

"그러면 라마에시스는 명실공히 파인랜드 최강국이 돼."

"그럼 애초에 타이지 백작이 성공하나 실패하나 상관없는 것이었습니까?"

"상관은 있지. 미티어 스트라이크로 세상에서 사라져 버린 롬이 우리한테 무슨 쓸모가 있다는 거야? 롬에는 인간이 지금껏 쌓아 올린 모든 기술들과 지식들이 있어. 그것이 다 사라지는 건 결코 옳은 일이 아니야. 적의 손에 들어가서도 안 되지만, 그렇다고 없어지는 것도 안 되지. 알렉산드리아 대도서관 건물 하나만 생각해도 미티어 스트라이크 마법은 막아야 해."

브리타니는 고개를 여러 차례 끄덕였다.

"그렇다면 타이지 백작의 성공 여부에 따라서, 저희의 움직임도 결정되는 것이로군요."

"응, 맞아."

그때 갑자기 마법사 한 명이 브리타니와 미에느가 있는 군막 안으로 들어왔다.

그는 공포에 질린 표정을 하고 있어, 말하기도 전에 심상치 않은 일이 일어났음을 알 수 있었다.

"방금 미티어 스트라이크 마법이 시전됐습니다."

미에느는 자리에서 벌떡 일어났다.

"뭐?"

"방금 롬에서 미티어 스트라이크 마법을 시전했습니다. 이는 본국에서도 확인한 사실입니다."

"어, 어디로? 어디로 유성이 떨어지는데?"

"바로 이곳, 롬입니다. 그리고 이건 더 조사해 봐야 확실히 알 수 있는데, 총 네 번이나 시전되었다고 합니다."

미에느의 입이 살짝 벌어졌다.

브리타니가 중얼거리듯 말했다.

"이건 생각지 못했군요. 연합군이 안으로 들어가지도 않았는데, 롬에서 롬으로 미티어 스트라이크를 시전하다니……."

미에느가 방금 들어온 마법사에게 물었다.

"노마나존은 어떻게 됐지?"

마법사가 빠르게 대답했다.

"미티어 스크라이크 마법이 시전되는 잠깐 동안만 꺼졌다 다시 켜졌습니다."

"범위는?"

"전과 똑같이, 롬 전체입니다."

그 말에 미에느의 두 눈이 가늘게 좁혀졌다.

그녀는 브리타니를 보았고, 브리타니 또한 그녀를 보았다.

브리타니가 먼저 입을 열었다.

"노마나존이 꺼지고 그 순간에 미티어 스트라이크가 딱 시전되었다면, 황제와 집정관이 실은 같은 편인 겁니까?"

미에느의 표정이 멍해졌다가 다시 원래대로 돌아왔다.

"아니야. 같은 편이어서 미티어 스트라이크를 시전했다고

처. 근데 왜 롬에다가 시전했겠어? 연합군을 몰살하려고 한 것이라고 하면 우리가 롬 안으로 들어간 다음에 했어야지. 지금 우린 공간이동으로 빠지면 그만인데? 말이 안 돼."

그 말에 브리타니는 나지막하게 말했다.

"확실히. 하지만 미티어 스트라이크 마법을 시전하는 동안만 잠깐 노마나존을 해제했다면, 이는 그 두 가지 모두가 한쪽의 손에 있었다는 말이 됩니다. 집정관이겠습니까, 황제이겠습니까?"

미에느는 자리에 다시 몸을 던지며 말했다.

"둘 중 누구든 크게 상관은 없어. 중요한 건 타이지 백작이 실패해서 미티어 스트라이크 마법이 시전되었다는 거야."

"……."

미에느는 눈을 감고는 깊게 고민하며 중얼거리듯 말했다.

"지금 롬에서 벌어지고 있는 노예 기사들과 집정관 기사들의 싸움은 연극이 아니야. 그것만은 확실해. 그 두 세력은 진심으로 서로를 죽이려 하고 있어. 노예 기사들은 황제 아래있지 않지. 반란을 일으켰으니까. 그 반란까지 연극으로 했을수는 없을 거야."

"그렇죠."

"그렇다면 미티어 스트라이크를 시전한 이유는 그 반란을 잠재우기 위함인가? 노예 기사들이 생각보다 강해서 더 이상 막아 내질 못하니까, 그들을 몰살하기 위해서?"

브리타니는 고개를 저었다.

"설마요. 그 때문에 도시 전체를 도시에서 지워 버린다고
요?"

"그렇지. 말이 안 돼. 집정관도, 황제도 그런 결정을 내릴 리
없어."

브리타니는 콧수염을 매만졌다.

"그럼 제삼의 세력을 의심하는 것입니까?"

"그럴 수밖에. 제국의 세력 중 누구라도 롬을 완전히 파괴
하는 건 아무리 생각해도 말이 안 되니까. 설마 타이지 백작
일까? 그가 집정관 내부에 잠입해서 미티어 스트라이크를 시
전한 걸까?"

"……"

미에느는 손뼉을 쳤다.

"그가 옆에 데려온 알비온 수석 마법사! 그 마법사를 이용
해서 미티어 스트라이크 마법을 시전한 건가?"

그때 가만히 그들을 지켜보던 마법사가 나지막하게 말했다.

"미티어 스트라이크는 국가급 마법입니다. 한 개인이, 그것
도 익숙하지 않은 마법진으로 절대로 펼칠 수 없습니다."

그 말에 브리타니가 팔짱을 꼈다.

"익숙하지 않다? 그럼 그 마법진에 익숙한 마법사들이 한데

모여 시전했다는 것인데… 그러면 집정관 소속 마법사들밖에 없지 않습니까, 공주님?"

미에느는 두 번째로 자리에서 벌떡 일어났다.

"뭔가 있어. 뭔가 있어. 우리가 모르는 뭔가가 있어. 마법사라… 마법사, 마법사. 아!"

그때 미에느의 머리를 스쳐지나가는 것이 있었다.

브리타니도 동시에 그것을 떠올렸는지, 둘은 서로를 바라보며 똑같이 말했다.

"악마화 주문!"

"악마화 주문!"

미에느는 고개를 돌려 마법사를 보았다.

"그 노예 기사들! 그 노예 기사들에게 악마화 주문이 걸려 있었다고 했지? 그 때문에 집정관 기사들보다 월등히 강해져 수적 열세에도 대등하게 싸우고 있다고."

마법사는 고개를 끄덕였다.

"첩보에 의하면 그렇습니다."

"그렇단 이야기는 어둠의 마법사들이 노예 기사들에게 악마화 주문을 걸어 준 것이겠어. 그리고 그들이야말로……."

"제삼의 세력이지요. 양쪽 모두에 영향력이 있는."

미에느는 다시 의자에 털썩 앉았다.

"그래도 여전히 이해할 수 없어. 왜 그들이 롬에 미티어 스트라이크 주문을 시전했을까?"

그런데 그때 기사 한 명이 군막 안으로 들어왔다.

"신무당파 기사들이 돌아왔습니다."

미에느는 자리에서 또다시 벌떡 일어나더니 말했다.

"가자. 가서 직접 대화하면 뭐라도 나오겠지."

그녀는 그 길로 브리타니와 함께 군막을 나섰다. 그리고 기사의 안내를 따라서 돌아온 신무당파 제자들이 머무는 곳으로 갔다.

안으로 들어간 미에느가 말했다.

"생환을 축하드립니다. 그런데 운정 도사님은? 안 보이시네요. 그리고 저분은 누굽니까?"

로튼이 대표로 말했다.

"마스터께서는 미티어 스트라이크 관련 시설을 파괴하기 위해서 그곳에 남으셨습니다. 그리고 이분은 한때 델라이에 몸담으셨던 타노스 자작님이십니다."

비쩍 마른 타노스는 퀭한 눈길로 미에느를 바라보았다. 그 눈초리에는 분노와 의심이 짙게 깔려 있었다.

미에느는 먼 기억 속에서 그 이름을 기억하고는 그에게 말을 건넸다.

"안녕하십니까, 타노스 자작님. 처음 뵙겠습니다. 전 라마에시스의 공주 미에느라고 합니다. 델라이의 금속 제련 기술을 파인랜드 최고로 이끌어 내신 장본인이라 들었습니다. 저희 쪽에서도 여러 번 스카우트 제의가 있었는데, 모두 거절하셨 었지요. 그런데 롬에서 뵙게 될 줄은 몰랐습니다."

타노스는 눈을 반쯤 감더니 말했다.

"예."

짧게 대답한 그는 고개를 돌려 버렸다.

명백히 더 대화하고 싶지 않다는 의미였다.

미에느는 당황하지 않고 자연스레 로튼을 바라보며 말했다.

"안타까운 소식을 전해 드리려고 왔습니다."

"안타까운 소식이요?"

"방금 전 롬에서 미티어 스트라이크 마법이 시전되었습니 다."

그 말에 로튼의 눈썹이 꿈틀거렸다.

그가 물었다.

"어디로 시전되었습니까?"

"롬입니다."

"……"

그의 눈썹이 더욱 모아졌다.

미에느가 말을 이었다.

"정황을 보아하니, 타이지 백작께서 임무에 실패하신 것 같습니다. 아마 여기서 더 기다리는 것도 무의미한 일이 되겠지요."

그 말에 로튼은 피식 웃으며 고개를 저었다.

"임무에는 실패하셨을지 모르지만, 죽지는 않으셨을 겁니다."

미에느는 한숨을 쉬더니 말했다.

"이제 한 시간이 지나면 롬에 유성이 떨어질 겁니다. 소형이긴 하지만 개수가 네 개나 됩니다. 그러니 롬 전체가 지도에서 지워지는 것은 물론이고, 그 주변 일대 또한 안전하지 않습니다."

"그럼 연합군은 물리실 생각입니까?"

"그럴 예정입니다. 한 가지만 더 확인이 되면요."

로튼의 표정이 살짝 굳었다.

그가 나지막하게 말했다.

"누가 미티어 스트라이크를 시전했느냐는 것 말이군요."

이에 브리타니는 내색하지 않았지만, 크게 놀라지 않을 수 없었다.

로튼이 그 말을 했다는 것은 미에느와 브리타니가 나누었던 대화들을 순식간에 따라잡은 것이기 때문이었다.

미에느 또한 잠시 말이 없다가 물었다.

"그렇습니다. 이 엄청난 일을 누가 했다고 보십니까? 집정관일까요? 황제일까요? 누구 하나라도 뭔가 석연치 않습니다. 누가 했는지를 알아야 그 의도를 파악하고 연합군의 다음 행보를 정확히 정할 텐데, 누군지를 모르니 어렵습니다."

로튼의 시선이 브리타니를 한 번 보았다가 미에느로 향했다. 그는 나지막하게 말했다.

"델라이, 혹은 신무당파라고 의심하시는 겁니까?"

"솔직히 말씀드리면 그런 의심을 안 한 것은 아닙니다. 하지만 미티어 스크라이크 마법은 국가급 마법이니, 여러분들을 따라온 알비온 수석 마법사께서 홀로 시전할 수 있는 것은 아니겠지요. 그래서 의심을 거뒀습니다. 그런데 지금 이 자리에 하필이면 타이지 백작과 알비온 수석 마법사께서 없으시니. 또 그 의심이 고개를 드는 건 어쩔 수 없군요. 죄송하지만, 제 입장을 헤아려 주시길 바랍니다."

로튼은 미에느를 지그시 바라보다가 말했다.

"하지 않은 것을 증명할 순 없습니다."

미에느가 웃었다.

"대신 누가 했는지 말씀해 주실 수는 있겠지요."

"……."

로튼이 침묵을 지키자, 미에느가 말했다.

"만약 대답하기 원하시지 않는다면 대답하지 않으셔도 좋습니다. 저희는 이만 돌아가 보도록 하죠."

미에느가 몸을 돌리자, 로튼이 입을 열었다.

"어둠의 마법사들이라 생각됩니다."

"……."

"그들이 미티어 스트라이크를 시전했다 봅니다. 그 이유로
는……."

미에느는 방긋 웃으며 로튼의 말을 잘랐다.

"더 말하실 것 없습니다. 방금 그 말씀으로 확실해졌으니까
요."

"……."

"저희도 어둠의 마법사가 아닐까 의심하고 있었는데, 정확
히 그렇게 말씀하시는 걸 보니, 신무당파에서 했을 리는 없겠
군요. 만약 했다면 황제나 집정관 중 하나를 찍었을 텐데 말
입니다."

"……."

"당신의 이름을 알 수 있겠습니까?"

로튼이 대답했다.

"로튼이라 합니다."

미에느는 고개를 살짝 숙이며 말했다.

"연합군은 롬 밖으로 공간이동할 겁니다. 함께하시지요, 로
튼 경."

로튼은 고개를 저었다.

"괜찮습니다. 전 마스터를 믿습니다. 마스터께서 돌아올 때

까지 기다릴 것입니다."

로튼의 확고한 눈빛과 자신감 넘치는 표정을 본 미에느는 살짝 웃고는 군막에서 나갔다.

브리타니 또한 그녀를 따라 밖으로 나갔다.

그녀가 나간 것을 확인한 로튼의 표정이 대번에 바뀌었다.

확고함은 불신으로 자신감은 불안으로.

로튼은 고개를 저으며 한숨을 쉬었다.

"마스터께서 실패하셨다니, 흐음……."

이에 하냐, 미사, 벤느고가 차례로 말했다.

"지금 바로 떠나야 합니다."

"아니면 유성이 당도하기 전까지라도 마스터를 기다릴 수도 있습니다."

"아마 마스터는 이미 돌아가셨을 겁니다. 차라리 나리튬 클록을 확보하는 게 어떻습니까? 그것이 마스터의 마지막 뜻 아니었습니까?"

그들은 명령을 기다리는 눈빛으로 로튼을 보았다. 오랫동안 기사 생활이 몸에 배서 그런지 명령을 받는 데 익숙했기 때문이다. 그나마 신무당파에 있으면서 제자로서의 배움이 있었기 때문에 자기 생각이라도 말한 것이다.

로튼은 결국 이 일을 자신이 결정해야 한다는 걸 깨달았다.

그런데 그때 가만히 있던 타노스가 음산한 말투로 말했다.

"나와의 약속을 잊지 마십시오, 로튼 경."

로튼은 그를 바라보더니 말했다.

"잊지 않았습니다. 상황이 상황인 만큼 지금 당장 이행하도록 하지요."

타노스는 눈을 게슴츠레 떴다.

"지금 말입니까?"

"현재 저도 당신도 언제 죽을지 모릅니다. 단순히 유성 때문이 아니라 방금 나간 미에느 공주가 생각이 바뀌어서 우리를 죽이려 할 수도 있지요. 그러니 델라이에 가기 전에 서로의 조건을 들어주는 것이 어떻습니까?"

타노스는 분노가 이글거리는 눈빛으로 로튼을 바라보았다.

"머혼의 저택으로 가서 제게 모든 증거를 하나하나 보이지 않으면 전 결단코 나리튬 클록을 주지 않을 겁니다."

"물론입니다. 제 말은 일단 당시의 이야기를 해 드리겠다는 것입니다. 그 대신 나리튬 클록을 잠시 운반하여 안전한 곳으로 옮기도록 하겠습니다."

타노스는 악이 받친 목소리로 소리쳤다.

"내가 위치를 알려 주면 훔칠 것 아닙니까!"

로튼은 최대한 부드럽게 말했다.

"물론 탈취하지 않겠습니다. 제가 증거를 모두 보이고 나서야 그 소유를 주장할 것입니다. 제가 추측하건대 나리튬 클록은 자작님의 집에 있다고 생각합니다. 집이 아닌 곳에 숨겨 두었어도 롬 안에 숨겨 두었겠지요. 그런데 지금 롬에 유성이 떨어지고 있습니다. 어차피 지금 회수하지 않으면 모두 불타 사라질 겁니다."

"……."

"현재로서는 타노스 자작께서도 저희의 도움 없이, 저 혼란한 롬의 시가를 뚫고 나리튬 클록을 다시 되찾을 수 없을 겁니다. 그러니 저희로 하여금 회수하게 해 주십시오. 약속드립니다. 당신이 인정할 때만 그 소유를 주장하겠습니다."

타노스의 표정은 여전히 불신에 가득 차 있었다.

이에 슬롯이 그에게 말했다.

"타노스 자작, 전 머혼 백작을 섬기다 이런 말로에 이르렀습니다. 그는 분명 자신의 권력을 위해서 타인의 삶과 생명에는 아무런 관심이 없는 자였습니다. 그리고 당신이 사랑했던……."

타노스는 다시금 크게 소리쳤다.

"사랑하고 있습니다!"

슬롯은 고개를 살짝 숙였다.

"죄송합니다. 사랑하고 있는 포트리아 백작 또한 머혼의 간계로 인해서 그리되었습니다. 하지만 지금 머혼 백작은 죽었습니다. 그는 남뿐만 아니라 자기 자신의 말로까지도 파멸로 이끌었지요. 그에 대해서 악감정을 품고 계신 것은 저도 충분히 이해합니다."

"아니오. 당신은 발톱만큼도 이해하지 못할 겁니다, 슬롯경."

이에 로튼이 다시 말했다.

"어차피 곧 불바다가 돼서 모조리 사라질 겁니다. 이대로 지켜보시겠습니까?"

타노스는 완강하게 말했다.

"당신들의 손에 빼앗기느니 차라리 사라지는 것이 좋습니다."

"그리고 당신은 영원히 포트리아 백작의 마지막을 모른 채로 살아가겠지요."

"……."

타노스의 얼굴이 일그러졌다.

슬픔과 분노가 점철된 그 얼굴은 바라보는 것만으로도 마음을 동하게 만들었다.

하지만 로튼은 더욱 얼굴을 굳히며 말을 이었다.

"포트리아 백작의 마지막을 하나하나 직접 설명하겠습니다. 전 머혼 백작을 가장 최측근에서 섬긴 사람입니다. 저택의 하녀에게도 이야기를 들었지요. 즉, 포트리아 백작의 죽음은 저만이 정확하게 당신께 알려 줄 수 있습니다."

타노스는 이를 부득 갈았다.

하지만 더 이상 부정하지 않았다.

그가 갈등하는 것을 본 로튼과 슬롯은 조용히 그가 고민을 마치기를 기다렸다.

그는 눈물을 감았고, 그의 두 눈에선 눈물이 흘러나왔다.

"흐으, 흐윽, 흐윽. 엘리스, 엘리스… 흐윽."

눈물은 그칠 줄 모를 듯 흘러내렸다.

하지만 생각보다 빠르게 멈췄다.

타노스는 눈물을 훔치더니 나지막하게 말했다.

"나리튬 클록은 제 집 지하에 있습니다. 식탁 아래 비밀 문이 있는데, 저만 열 수 있습니다."

로튼이 모두에게 말했다.

"다 같이 가도록 하지요. 슬롯 경, 괜찮으시겠습니까?"

슬롯은 고개를 끄덕이더니 자리에서 일어났다.

그들은 모두 군막 밖으로 나갔다. 연합군은 이미 저만치 멀어져서 밀집 대열을 이루고 있었는데, 곧 대규모 공간이동을 할 것 같았다.

그들은 빠르게 걸어서 가장 가까운 성문에 당도했다.

성문은 굳게 잠겨 있었다.

슬롯이 나지막하게 말했다.

"봉쇄령이 내려졌었나 보군요, 롬에서 누구도 빠져나갈 수 없게. 아마 도시 전체의 성문이 모두 닫혀 있을 겁니다."

로튼이 말했다.

"집정관 기사나 노예 기사들 중 한 곳에서 한 짓이겠지요.
어느 쪽에서 황제의 인장을 확보해 봉쇄령을 내렸는지는 모르
지만, 다른 한쪽을 롬에 가두고 완전히 멸할 생각에서 한 짓
일 겁니다."

성문 뒤로는 다수의 사람들의 고함 소리가 울리고 있었다.
주먹으로 몸으로 혹은 다른 무언가로 문을 부수려 하는지 작
은 진동들이 지축을 조금씩 흔들었지만 그 문은 꿈쩍도 하지
않았다.

그때 타노스가 앞으로 걸어 나왔다. 그리고 그 문 위에 손
을 올리더니 중얼거리듯 말했다.

"초합금입니다. 마법으로도 뚫을 수 없을 겁니다."

그 말에 슬롯이 로튼에게 물었다.

"로튼 경, 혹 그 위치를 기억하십니까? 사다리가 있는 그 길
말입니다."

로튼은 고개를 저었다.

"혹시 몰라 기억해 두었지만 다시 쓸 수 있겠습니까? 어둠
의 마법사들이 미티어 스트라이크를 시전했다는 걸 안 이상,
그들이 만든 길을 사용하는 건 도박입니다."

"그럼 신무당파의 무공을 펼쳐 성벽 위로 올라갈 수 있겠습

니까?"

이번에도 고개를 저었다.

"저희들의 경지로는 내려오는 것이 고작일 겁니다."

그때 타노스가 한숨을 쉬더니 말했다.

"마법에 조예가 없어 공간이동은 못 하지만 비행 마법 정도는 씁니다. 노마나존이 풀렸으니, 이 정도의 인원이면 성벽 위로 갈 수 있습니다. 하지만 이후는 모르겠습니다."

로튼은 그에게 말했다.

"일단 그렇게라도 해 주십시오."

타노스는 가슴 속에서 작은 완드 하나를 꺼냈다. 그리고 일이 분 동안 주문을 외우더니 마법을 시전했다.

[업(up)].

그의 말이 끝나기 무섭게 여섯 명의 몸이 둥실 떠올라 성벽 위까지 대번에 올라갔다. 성벽에 착지한 타노스는 지친 기색으로 몸을 헐떡이더니, 결국 버티지 못하고 두 팔로 땅을 짚었다.

로튼은 타노스의 오른팔을 잡아 일으키며 물었다.

"나올 때도 가능하겠습니까?"

타노스는 숨을 헐떡이며 말했다.

"후우… 후우… 오가면서 포커스를 회복하면 가능할 겁니다."

로튼이 사방을 둘러보았다.

"부축할 테니, 힘을 내 보십시오."

그때 한쪽에서 기사들이 나타났다.

"누, 누구냐!"

"저, 적이다!"

성벽을 지키고 있던 기사들은 다행히도 많지 않았다. 집정관 기사들과 노예 기사들 간의 내전에 대부분 차출되었기 때문이다. 하냐, 미사, 벤느고는 검을 빼들고 그들을 삽시간에 무력화시켰다.

상황이 정리되자, 로튼은 아래를 바라보았다. 성문 주변에는 수많은 인파들이 몰려 있었는데, 모두들 내전으로 인해 집을 잃거나 가족을 잃은 사람들인 듯 보였다. 성문이 열리기만을 기도하며 그 앞에서 모여 있었는데, 그 안에서도 참혹한 일들이 심심치 않게 일어나고 있었다.

로튼은 타노스를 업고 하냐는 슬롯을 업었다. 그리고 그들은 신무당파에서 배운 경공을 펼쳐 성벽을 타고 도시 안으로 진입했다. 집정관으로 가는 길에 몇 번이고 기사들을 만났지만, 신무당파의 무공을 익혔고 또 흑기사 시절부터 함께 합을 맞춰 온 하냐, 미사, 벤느고는 수월하게 길을 뚫을 수 있었다.

집정관은 거의 텅텅 비어 있다시피 했다. 그 안에서 가끔씩 마주친 기사들은 오히려 로튼과 일행을 본체만체하곤 갈 길을 서둘렀다. 그들의 표정을 보아하니, 집정관 밖의 기사들과 다르게 미티어 스트라이크 마법이 시전된 것을 아는 듯 보였다. 모든 것을 불태울 재앙 앞에서 건물을 지키는 것만큼 어리석은 것도 없을 것이다.

그들은 곧 타노스의 집에 도착했다. 안으로 들어온 타노스는 식탁을 옆으로 밀어 버리곤, 그 아래 있는 카펫을 들추어냈다. 그러자 복잡한 구조로 된 철문이 나왔는데, 타노스가 그것을 이리저리 조작하자, 바람이 빠지는 소리와 함께, 옆으로 들어갔다.

그가 안으로 들어가고, 로튼과 흑기사들이 들어갔다.

그 안에는 수없이 많은 목각 인형들이 진열되어 있었다. 그리고 그 인형들 위에는 금빛으로 빛나는 나리튬 클록이 걸쳐져 있었다.

타노스는 한쪽에 있는 문을 열고 두 사람이 들 수 있는 거대한 상자를 하나를 질질 끌어 꺼내 왔다.

"이곳에 담으십시오."

로튼과 흑기사들은 그 상자에 가득 나리튬 클록을 담아 냈다. 그러곤 밖으로 나왔다.

그때 슬롯이 심상치 않은 어조로 말했다.

"유성이 육안으로 보이기 시작했습니다. 얼른 가야 합니다."

모두들 밤하늘을 올려다보았다. 북쪽에서부터 달보다 환하게 빛나는 네 개의 유성이 긴 꼬리를 그리며 날아오는 것이 보였다.

모두들 긴장한 표정으로 가장 가까운 성벽을 향해서 내달리기 시작했다. 어찌나 빨리 달리는지 슬롯과 타노스가 따라가지 못하자, 하냐와 로튼이 그 둘을 옆에서 부축하고 뒤에서 미사와 벤느고가 상자를 들고 따라왔다.

유성의 크기는 점차 커져 갔고, 당장에라도 롬에 들이닥칠 느낌이었다.

"로튼 경, 로, 로튼 경."

로튼이 고개를 살짝 돌려 타노스를 보았다.

"힘드서도 참으십시오. 계속 달려야 합니다."

타노스는 지친 기색으로 유성을 올려다보더니 거친 호흡과 함께 말했다.

"날 버려 두지 않았으니, 당신의 진심을 믿겠습니다. 그러니 지금 말해 주십시오."

"……."

"엘리스는 어떻게 죽었습니까? 어차피 이대로 죽을지도 모르니, 지금 알려 주십시오. 약속대로."

로튼은 엘리스란 이름을 몰랐지만 정황상 포트리아의 이름임을 알 수 있었다.

그는 한숨을 쉬었다.

그가 고개를 들어 사방을 둘러보았다.

전쟁과 재앙이 겹친 롬은 마치 지옥과도 같았다. 가뜩이나 내전으로 인해서 혼란스러웠는데, 유성이 보이기 시작하자 완전한 무법 지대로 변해 버렸다. 오로지 악이 만드는 소음밖에 없었고, 이는 모두의 귀를 지속적으로 괴롭혔다.

로튼은 나지막한 목소리로 아는 대로 설명하기 시작했다.

그들이 성벽쯤에 다다랐을 때 타노스는 모든 정황을 알 수 있었다.

"그랬군요… 그런 일이 있었군요……."

깊이 사랑한 여인이 어떻게 죽었는지 처음으로 전해 들었다. 타노스는 눈물을 간신히 참아 냈다.

로튼은 그 모습을 지그시 바라보며 깊은 마음의 울림을 느꼈다.

타노스는 감정을 추스르고는 다시금 품속에서 완드를 꺼냈다. 그리고 비행 마법을 시전하려고 하는데, 로튼이 결심하고는 다른 제자들에게 말했다.

"난 다시 안으로 들어가겠다. 그러니 타노스 자작을 부탁한다."

"예?"

"무, 무슨?"

"다시 안에 들어가신다고요?"

슬롯이 이어 물었다.

"타이지 백작이 살아 있다고 보십니까?"

로튼은 시선을 타노스에게로 두었다.

"모르겠습니다. 하지만 그의 시신이라도 찾아야겠습니다. 아마 그래야 날 용서할 테니까요. 그럼 내가 죽더라도 날 기억해 줄 겁니다."

하냐, 미사, 벤느고는 그가 시아스를 말한다는 걸 눈치챘다.

로튼은 이내 몸을 돌려 롬 안으로 뛰었다. 셋은 그를 따라가야 한다는 마음이 들긴 했지만, 유성이 떨어지는 마당에 아무런 의미가 없다는 생각이 앞섰다. 또한 운정의 마지막 뜻인 나리튬 클록을 확보해야 한다는 생각도 버릴 수 없었다.

그것은 기사 출신과 아닌 자의 차이였다.

셋은 결국 로튼의 뒷모습을 지켜보았을 뿐, 따라가지 않았다.

로튼은 홀로 집정관까지 되돌아왔다.

이제 유성들은 거의 달만큼이나 큰 크기로 보였다.

그는 빠르게 운정이 들어갔던 건물로 달려가며 독백했다.

"시간이 얼마나 있을까? 됐다. 생각하지 말자. 어차피 평생 미움을 받으니, 같이 죽는 것이 나을 수도 있어. 시신이라도 찾자. 진짜 멍청한 놈, 아까 왔을 때 그냥 찾았으면 얼마나 좋

아. 하여간, 타노스 때문이야. 타노스만 아니었어도 이렇게…
후우… 레이디 시아스도 마스터를 그리워하겠지. 타노스처럼
말이야. 그렇다가 가끔씩은 내 생각도 할 거야. 그래, 그러겠
지. 그 편이 낫겠지. 후우… 후우… 어차피… 어차피… 평생
용서받지 못할 바에야……."

그런데 그때 지면이 크게 울렸다. 로튼은 도저히 자세를 가
누지 못하고 그대로 쓰러졌다.

"지, 지진?"

그는 반쯤 누운 채로 양손과 양발로 중심을 잡았다. 지진
은 계속해서 심해지더니 곧 영혼을 울리는 포효 소리가 그의
전신을 훑고 지나갔다.

쿠오오!

육신이 가진 모든 신경에서부터 찌르르한 고통을 느낀 로
튼은 눈조차 감을 수 없었다. 때문에 큰 건물이 무너져 내리
는 것을 눈으로 볼 수밖에 없었다.

건물이 무너져 내리면 시신도 못 찾을 것이다.

그의 두 눈이 절망으로 물들었다.

"마, 마스터… 제, 제기랄! 제기랄!"

그가 허탈한 표정을 짓는데, 다시금 지진이 강하게 일어났
다. 로튼은 겨우 중심을 잡으며 최대한 건물에서부터 멀어졌
다. 그런데 무너지는 건물의 중심으로부터 무언가 치솟아 올

랐다. 하지만 곧이어 들이닥친 자욱한 흙먼지 때문에, 로튼은
더 이상 앞을 볼 수 없었다.

그도 잠시.

폭풍과도 같은 소리가 들리더니, 모든 흙먼지가 순식간에
밀려 나갔다. 로튼은 흙먼지가 가득한 두 눈을 마구 비비곤
앞을 보았다.

그곳에는 드래곤이 있었다.

쿠오오—!

그리고 그의 머리 위에는 운정이 있었다.

"마스터!"

그의 말은 드래곤의 포효에 완전히 묻혀 버렸다.

그때 운정의 큰 목소리가 롬 전체에 울렸다.

"드래곤의 길을 막지 말고, 옆으로 피하십시오!"

드래곤은 그 육중한 몸을 일으켜 세우더니, 한쪽으로 내달
리기 시작했다.

쿵! 쿵! 쿵!

마치 어린아이가 다리를 구를 때마다 개미집이 부서지는
것처럼, 마치 곰이 나무를 타고 앞발로 벌집을 헤집는 것처럼,
지축을 움직이는 그 거대한 발은 지나가는 모든 것을 쑥대밭
으로 만들었다.

"……."

로튼은 그 놀라운 광경을 두 눈으로 보면서도 믿을 수 없었다.

드래곤은 점차 빠르게 뛰기 시작했다. 두 날개를 활짝 펼쳐 반동까지 받으면서 내달리더니 곧 성벽을 무너뜨리며 더욱더 앞으로 나아갔다.

로튼은 자신의 앞에 뻥하니 뚫려 버린 길을 보며 겨우 숨을 쉬었다.

"하아, 대로 공사에는 드래곤이 적격이겠어. 하아, 그나저나 마스터께서 살아 계시다니… 드래곤은 또 뭐고, 후우. 일단은……."

그는 자리에서 벌떡 일어났다. 드래곤이 뚫고 간 성벽은 집정관에서 가장 가까운 성벽. 다시 말하면 슬롯, 하냐, 미사, 벤느고 그리고 타노스를 두고 온 그 성벽이다.

그는 말을 듣지 않는 몸에 내력을 불어넣어 드래곤이 만들어 놓은 길을 따라서 내달렸다. 앞에 거칠 것이 없으니, 신무당파의 무공을 마음껏 펼칠 수 있어, 거의 세 배는 빠른 속도로 성벽에 당도할 수 있었다.

안에서부터 터져 버린 듯 무너진 성벽을 통과하자, 한쪽에서 목소리가 들렸다.

"로튼 경!"

로튼이 고개를 돌려 그곳을 바라보니, 거기엔 다섯 명과 함께 알비온이 있었다.

다행히 무사한 듯 보였다.

로튼이 말했다.

"알비온 수석마법사님! 살아 계셨군요!"

알비온은 얼른 그에게 뛰어와서 그의 어깨에 손을 올리며 말했다.

"다행입니다. 로튼 경도 살아 있었군요. 밖으로 공간이동 했는데 로튼 경만 없어서 걱정을 많이 했습니다."

로튼은 이제 저 멀리서 산 위로 올라가는 드래곤을 바라보며 말했다.

"드래곤 머리 위에 서 계신 마스터를 보셨습니까?"

알비온은 고개를 끄덕였다.

"마스터께서는 드래곤과 함께 유성을 막으실 생각이십니다."

"유, 유성을요?"

로튼은 운정과 스페라가 전에 델라이에서 유성을 막았다는 걸 잘 알고 있었다.

하지만 드래곤과 함께라니?

로튼은 자기도 모르게 시선을 돌려 드래곤과 운정을 올려다보았다.

그의 두 눈이 알 수 없는 감정으로 가득 차오르기 시작했다.

알비온이 말했다.

"그럼 이 이상은 마스터에게 맡기시고 어서 델라이로 돌아가도록 하지요."

모두들 움직이려는데, 로튼은 그 자리에 가만히 서서 미동조차 하지 않았다.

그가 가만히 서 있자, 다들 걸음을 멈췄다.

슬롯이 말하려는데, 로튼이 먼저 입을 열었다.

"마스터께서 유성을 파괴하시려는 이유가 뭐라고 생각하십니까? 사실 롬이 파괴된다면 델라이에겐 이득이지 않습니까?"

침묵 가운데서, 알비온은 로튼을 지그시 바라보았다.

그러곤 나지막하게 대답했다.

"운정 도사께서는 델라이의 국익을 위해서 이 일에 참여한 것이 아니지요. 아마 떨어지는 유성을 보고 롬의 사람들을 그대로 둘 수 없으셨을 겁니다."

그 말에 하냐, 미사, 벤느고의 표정이 살짝 굳었다.

그들은 지금껏 기사로서 왕에게 충성하고 그 명령을 따르며 거기서 명예를 찾는 것을 최고의 가치로 여겨 왔다.

그러나 지금 그들은 엄밀히 말하면 델라이의 기사들이 아니라 신무당파의 제자들이다. 신무당파에 들어와 무공을 배우기에 앞서 맹세한 것은 바로 공존을 최고의 가치로 둔다는 것이다.

넷 모두 공존의 정확한 개념을 이해하진 못했지만, 적어도 여기 롬에서 사람들이 죽어 나가는 것을 방치하는 것이 아님은 알았다.

"유성을 파괴하는 일이 그에겐 쉬운 일이겠습니까?"

알비온은 고개를 저었다.

"그럴 리가요. 타이지 백작이 직접 말하길 매우 낮은 확률이라 했습니다."

로튼은 드래곤과 운정에게서 겨우 시선을 뗐다. 그러곤 알비온을 바라보았다.

"전 평생을 살면서 이런 생각을 해 본 적은 없습니다만… 왠지 이대로 떠나면 안 될 것 같습니다."

여섯 명은 그가 무슨 말을 하는지를 잘 알았다.

동정심은 누구라도 가지고 있게 마련이다. 하지만 그걸 무시한 이유는 재앙 앞에 인간은 무력하기 때문이다.

슬롯이 말했다.

"하지만 지금 저희가 할 수 있는 일은 없습니다."

로튼이 그를 돌아보며 말했다.

"전에 운정 도사께서 델로스에서 유성을 파괴했을 때도, 그 잔해가 떨어져 여러 피해를 입혔습니다. 그러니 지금 운정 도사께서 유성을 파괴하신다 할지라도, 그 잔해로 인한 피해가 없진 않을 겁니다."

"……."

도시의 파괴된 부분들을 복구했던 건 군부의 일이었다. 슬롯은 그 내막을 누구보다도 잘 알았기에 침묵할 수밖에 없었다.

하냐가 말했다.

"그러고 보면 성문이 닫혀 있어 사람들이 나가지 못했습니다."

미사가 말했다.

"하지만 드래곤에 의해서 성벽에 큰 구멍이 뚫렸습니다."

벤느고가 말했다.

"저만한 구멍이라면 롬의 있는 사람들이 모두 한 번에 나올 수 있을 겁니다."

로튼은 고개를 끄덕이더니 알비온을 보았다.

"알비온 수석마법사님, 저희를 도와주실 수 있겠습니까? 드래곤이 성벽을 뚫어 낸 것을 못 본 사람들도 있을 테고, 보았어도 그쪽으로 탈출할 생각을 미처 못 할 겁니다."

알비온은 고개를 살짝 숙였다가 나지막하게 말했다.

"그러다가 타이지 백작이 유성을 막지 못하면요? 그 직전에 공간이동을 하려고 하는 것은 너무 큰 도박입니다. 안전하게 지금 하는 것이 좋습니다. 유성의 속도를 육안으로 가늠하는 것은 지혜롭지 못합니다. 멀리 떨어져 있는 것처럼 보여도, 몇 분 안에 도착할 수도 있어요."

로튼은 하냐, 미사, 벤느고를 바라보았다. 셋은 똑같이 결의에 찬 표정으로 그를 보았다.

그들이 다 같이 고개를 끄덕이자, 로튼은 다시 알비온에게 말했다.

"신무당파는 남겠습니다."

알비온은 잠시 고민하다가 한숨을 쉬었다.

"후우, 그러면 로튼 경의 말소리를 증폭해 롬 전체에 전달하겠습니다. 그리고 마법으로 붉은 불을 쏘아 올려 무너진 성벽의 위치를 알리지요. 그것까진 도와드릴 수 있습니다."

로튼은 손가락으로 무너진 성벽 옆쪽을 가리켰다.

"저쪽 성벽 위가 좋겠습니다. 타노스 자작님과 슬롯 경도 함께 가시지요. 도와주신 뒤 바로 델라이로 공간이동하실 수 있게."

이에 하냐가 말했다.

"저희 셋은 구멍 주변에 서서 빠져나오는 사람들을 통제해 보겠습니다."

로튼은 고개를 끄덕이자, 그 셋은 경공을 펼쳐 무너진 성벽 쪽으로 갔다.

알비온은 빠르게 공간이동 주문을 외워 로튼과 타노스 그리고 슬롯과 함께 성벽 위로 이동했다.

그리고 다시금 증폭 주문을 영창하더니, 로튼을 향해서 고개를 끄덕였다.

로튼은 숨을 가득 마신 뒤에 큰 소리로 외쳤다.

"롬은 곧 미티어 스트라이크 마법에 의해서 불바다가 될 것이다! 롬의 성벽은 모두 닫혀 있어 절대로 열 수 없다! 살 수 있는 길은 오로지 붉은 불빛이 보이는 곳이다! 성벽이 무너졌으니 그곳을 통해서 탈출하라!"

그의 소리는 삽시간에 롬 전체를 뒤흔들었다. 알비온은 숨을 한 번 고르더니, 이내 지팡이를 높이 들었다. 그러자 그의 지팡이에서 붉은 빛이 뿜어지더니 하늘 높이 날아가 폭죽처럼 터졌다.

그 말은 모든 이의 귀에 똑똑히 들렸다.

굳게 닫힌 성문 앞에서 절망에 빠져 있던 이들, 서로에게 고함치고 주먹을 휘두르며 분노를 토해 내던 이들, 두 손을 모으고 신께 매달려 기도하던 이들, 어떻게는 살아 보고자 계획을 세우던 이들. 그 모두가 일순간 똑같은 표정이 되어, 하늘 높이 떠오른 붉은 빛을 바라보았다.

"서, 성벽이 무너졌다고?"

"저, 저기 붉은 빛으로 가면 되는 건가?"

"정말이야? 믿어도 되는 거야?"

"어차피 다른 수가 없어. 이대로 유성에 죽을 순 없잖아!"

남녀노소 할 것 없이 모두가 자리를 박차고 일어났다. 그리고 전부 붉은 빛이 나는 쪽을 바라며보며 빠르게 내달리기 시작했다.

한번 그런 흐름이 만들어지니, 반신반의하는 이들도 일단 가고 보자는 생각을 했고 의심이 많은 이들도 걸음을 뗐다.

높은 성벽 위에 선 로튼은 그 흐름을 한눈에 보았다. 골목에서 거리로, 그리고 대로로 사람들이 계속해서 모여들면서 무너진 성벽을 통해서 룸을 빠져나갔다. 마치 그 구멍으로 사람들이 빨려 나가는 것 같았다.

그것은 단언컨대 로튼이 평생 본 광경 중 가장 경이로운 광경이었다.

그가 고개를 돌려 알비온에게 말했다.

"알비온 수석마법사님, 도움을 주셔서 감사합니다. 이제는 델라이로 돌아가십시오. 이 이상은 신무당파에서 감당하겠습니다."

탈출하는 사람들을 바라보며, 알비온의 눈동자가 크게 흔들거렸다.

그는 머뭇거리더니, 나지막하게 중얼거렸다.

"흐음, 다, 다시 생각해 보니, 저도 여기 남아 도와드리겠습니다. 후우, 타이지 백작을 한번 믿어 보지요."

떨리는 목소리에 로튼은 살짝 웃었다.

"알비온 수석마법사의 안위는 델라이 전체의 안전과도 직결되는 문제입니다. 델라이를 위해서도 가셔야 합니다. 그리고 신무당파를 위해서도 나리튬 클록도 가지고 가셔야 합니다. 또한 슬롯 경도 타노스 자작님도 있습니다. 남고자 하시는 마음은 잘 알겠으나, 부탁드리겠습니다."

알비온의 입술이 몇 번이고 달싹였다.

그때 슬롯이 나지막하게 말했다.

"저희는 가는 것이 도와주는 것일 겁니다."

그 또한 남고 싶어 하는 마음이 강했다. 하지만 그는 현 상황에 그가 도움이 되기는커녕 오히려 짐이 된다는 것을 잘 알았고, 때문에 괜한 고집을 피우지 않은 것이다.

알비온은 이내 고개를 살짝 숙이며 말했다.

"알겠습니다, 로튼 경. 신께서 당신과 함께하시길 빕니다."

로튼은 양손을 들었다.

그리고 포권을 취했다.

알비온은 가만히 그것을 보다가 곧 타노스와 슬롯을 돌아보고는 주문을 외웠다. 이에 그들은 그것이 공간이동 주문임을 알고 알비온의 옆에 바짝 붙었다.

[텔레포트(Teleport).]

그들은 주문과 함께 성벽 위에서 사라졌다.

홀로 남은 로튼은 고개를 들어 무너진 성벽 쪽을 바라보았다.

하냐와 미사 그리고 벤느고는 무너진 성벽 잔해 중 높은 지점에 서서 검을 높게 들었다. 그리고 정신없이 빠져나오는 사람들의 질서를 잡아 갔다. 순서를 지키지 않는 사람에게 고함을 치는가 하면, 어린아이와 노인들이 잘 걸을 수 있도록 길을 터 주기도 했다.

하지만 인파가 많아지자 세 명의 지시에 따르지 않기 시작했다. 이를 통제하는 가장 흔한 방법은 혼란을 야기하는 사람을 즉결 처형 함으로 본보기를 보이는 것인데, 신무당파의 제자로서 더 이상 그런 행동을 할 순 없었다.

특히 집정관 기사들은 그들의 말을 더욱 듣지 않았다. 검을 빼 들고 사람들을 위협하며 제 갈 길을 가려고 하는 자들도 있었고, 노예 기사들을 발견하곤 전투를 개시하려는 자들이 있었다. 물론 그때마다 하냐, 미사, 벤느고가 무공을 펼쳐 그들을 제압했지만, 그 수 또한 점차 많아져 한계에 이르기 시작했다.

그런데 그때쯤 저 멀리 한 골목에서 누군가 고개를 들고 로튼을 향해 큰 소리로 외쳤다.

"무공을 쓰는 걸 보니, 신무당파인가?"

로튼이 그쪽에 시선을 옮겼다.

투 핸디드 소드(Two handed Sword)를 양손에 하나씩 짊어진 그 노예 기사는 훤히 상체를 드러내고 있었다. 수시로 꿈틀거리는 근육들은 경련이라도 일어난 듯 보였는데, 그 노예 기사의 얼굴을 보면 아무렇지도 않는 듯했다.

로튼은 그 노예 기사와 눈을 마주쳤다. 그 연보랏빛 눈동자에서 탁하고 어두운 기운을 느낄 수 있었다.

그 노예 기사는 양손 검을 짊어진 채로 성벽을 향해 달려왔다. 그리고 높게 도약하여 그 양손 검 한 개를 성벽 한가운데 찔러 넣었다.

쿵!

거기에 매달린 그는 이후 다시금 반동을 받아 훌쩍 뛰었고 대번에 성벽 위로 올라와 로튼 앞에 섰다.

인간의 한계를 훌쩍 넘은 힘이다.

로튼은 검을 뽑은 상태로 차분히 그를 향해 겨누며 노려보았다. 그의 눈빛은 낮고 차분히 가라앉아 있었다.

노예 기사는 자신의 괴력을 보고도 전혀 동요하지 않는 로튼의 눈동자를 바라보며 나지막하게 말했다.

"신무당파의 제자가 확실하군. 그 눈빛… 운정 도사에게서 보았던 것과 똑같아."

로튼이 말했다.

"마스터를 아는가?"

노예 기사는 하나만 남은 양손 검을 어깨 위로 짊어지며
말했다.

"알고 말고."

"꽤 호되게 당했나 보군?"

"……."

로튼이 유성 쪽으로 고개를 까딱이며 말했다.

"반란을 일으켰다 들었는데. 도시 전체가 잿더미가 되게 생
겼으니 이걸 어쩌나?"

그 노예 기사는 유성을 돌아보며 중얼거리듯 말했다.

"황제의 목을 딸 수 있었는데. 아쉽게 되었어. 벙커가 도저
히 열리지 않더군. 하지만 미티어 스트라이크 마법이 시전되
었다면 아마……."

로튼이 고개를 끄덕였다.

"집정관에서 이미 황제를 처리했겠지."

그 노예 기사는 고개를 돌려 그를 다시 보았다.

"그러니까."

로튼이 말했다.

"난 로튼이라 한다. 그대는?"

노예 기사의 두 눈이 크게 떠졌다.

"스파르타쿠스. 과거 조영관 소속 임모탈 기사단의 캡틴이
었다. 지금은 반란군을 이끌고 있지. 그나저나 파인랜드 최강

의 기사 슬롯과 호각이라는 사내를 여기서 이렇게 만날 줄은 몰랐군."

"호승심이 생기나 보군."

"안 생긴다면 거짓말이겠지. 게다가 무공까지 익혔으니… 사실 지금까지 만난 적들이 너무 다 시시했거든. 황제의 친위대도 집정관 기사도."

로튼은 성벽 아래를 내려다보았다.

"일단은 사람들을 피신시키는 데 집중하는 건 어떤가? 전투는 그 뒤로 미루지."

스파르타쿠스는 고개를 저었다.

"아니, 아쉽게도 그럴 수는 없다."

"왜지? 사람을 살리는 것은 누구에게라도 옳은 일이 아닌가?"

그는 미소를 지으며 자신의 배 아래를 가리켰다.

그곳에는 적색과 흑색으로 빛나는 보석이 있었다.

"블러드스톤, 악마화 주문. 거기에 내 이성을 유지하기 위한 부활 주문까지… 롬의 모든 노예들을 해방시키기 위해서 이번 일에 내 모든 것을 포기했다. 어차피 유성으로 인해서 도시는 잿더미가 될 것이고, 살아 남은 이들만 살아남을 거다. 그러니 지금이 아니라면 언제 그대와 싸울 수 있겠나?"

로튼은 잠시 생각했다.

그는 곧 나지막하게 말했다.

"마스터께서 유성을 막아 내실 것이다. 그럼 내일 아침 해가 뜨기 전까지 충분히 시간이 있어."

스파르타쿠스의 표정이 굳었다.

"뭐? 유성을 막는다고?"

"그래. 드래곤과 함께 말이지. 그러니 그대의 휘하 기사들에게 명령을 내려 대피하는 사람들을 통제하도록 하자."

스파르타쿠스는 코웃음을 쳤다.

"그게 무슨 허무맹랑한 소리……"

콰가각―!

하늘이 찢어지는 듯한 큰 굉음에 로튼도 스파르타쿠스도 비틀거렸다. 그들은 곧 그 굉음이 난 유성 쪽을 바라보았다.

네 개의 유성은 대기와의 마찰로 인해 표면이 붉게 달아올라 있었다. 거의 보름달보다 두 배는 커 보였다.

그 중심에 거대한 드래곤 한 마리의 그림자가 보였고, 그 그림자의 머리 부분에선 하얀 빛이 나고 있었다.

그 빛이 유성의 중심 부근까지 큰 검상을 낸 것이다.

로튼이 나지막하게 말했다.

"시작됐군."

"……"

스파르타쿠스는 도저히 할 말을 찾을 수 없었다.

그때 드래곤의 입이 크게 벌어졌다. 그리고 그곳으로부터 유성 표면보다도 진한 붉은색의 화염이 생성되더니, 이내 반으로 갈린 유성의 중심부로 쏟아졌다. 그리고 그 이후 전보다 열 배는 더 강력한 굉음이 롬을 완전히 짓눌렀다.

콰가광—!

하늘이 무너지는 듯한 소리와 함께 유성 하나가 그 속에서부터 완전히 파괴되어, 수없이 많은 조각들로 갈라졌다. 각각의 조각들은 금세 붉고 희게 변하며, 모조리 타들어 가기 시작했다.

드래곤은 몇 번의 날갯짓을 하더니 이내 다음번 유성을 향해 날아갔다.

로튼은 검을 내리며 물었다.

"이제 내 말을 믿겠나? 만약 나에게 협력한다면, 일대일로 최선을 다해서 결투에 임하겠다. 절대 피하지 않겠어."

"……."

"저 아래 피신하는 사람들 중에는 노예들이 가장 많다고."

스파르타쿠스는 잠시 말없이 성벽 아래를 내려다보았다.

그의 말대로 피신하는 자들 중 노예가 반 이상이었다.

그도 그럴 것이, 기득권층은 반란이 일어난 직후 각자의 방법으로 제일 먼저 롬을 빠져나갔었다.

스파르타쿠스는 고개를 들어 밤하늘을 보았다.

부서진 유성이 한 폭의 그림을 그리고 있었다.

"좋다. 협력하지."

그는 이어서 큰 소리로 아래를 향해 외쳤다.

"임모탈 기사단들은 들어라! 델라이에서 온 세 명의 기사들을 도와서 사람들이 안전하게 피신할 수 있도록 해라. 집정관 기사들을 마주친다면 그들의 무장을 해제하고 한쪽에 잡아두고!"

그의 명령이 떨어지자, 아래에 있던 몇몇 임모탈 기사들이 한목소리로 대답했다.

하지만 그것은 다시금 울리는 굉음에 완전히 묻혔다.

콰가각―!

콰앙―!

이후 유성은 차례대로 베이고 폭발하면서 수없이 많은 잔해들을 남겼다.

첫 번째 유성이 부서졌을 때도 사람들은 조금씩 걸었다. 두 번째 유성이 부서지자 그 자리에 우두커니 서서 하늘을 올려보았다. 그리고 세 번째 유성이 부서졌을 땐 숨소리까지 내지 않고 모두 침묵을 지켰다.

그리고 마지막 유성이 부서지자, 도시 전체가 일제히 기쁨의 환호를 내뱉었다.

"우아아아아!"

"사, 살았어! 살았다고!"

"신이여! 감사합니다!"

하지만 유성의 잔해들은 여전히 날아오고 있었고, 그중 꽤 큼지막한 덩어리들도 더러 있었다.

로튼은 큰 목소리로 사람들에게 말했다.

"아직 유성의 잔해가 있습니다! 그러니 모두들 피신하십시오! 재앙은 면했으나, 그렇다고 안전한 것은 아닙니다! 아직도 롬 안에는 사람들이 많습니다! 어서 밖으로 나가십시오!"

그가 크게 소리치자, 모두들 다시 걷기 시작했다. 다행인 것은 마음에 여유를 되찾아 전보다 훨씬 질서정연하게 롬을 빠져나갔다는 점이다. 임모탈 기사단들도 옆에서 도와주었기에 사람들이 피신하는 것은 꽤나 순조로웠다.

이후 시간이 흐르자, 미처 다 타지 못한 유성의 잔해들이 롬의 이곳저곳으로 날아들었다.

쿵―!

쿠궁―!

궁―!

건물과 성벽이 무너지기도 했고 어떤 것은 성문에 박히기도 했다. 피해는 적었지만 인명 피해가 아주 없지는 않아, 사람들이 피신하지 않았더라면 더 많은 사람들이 죽었을 것이 분명했다.

드래곤은 넓게 밤하늘을 활보하더니, 천천히 롬의 중심에 안착했다. 그의 머리 위에 선 운정은 멀리서 보아도 매우 지친 듯 보였다.

롬의 모든 이들은 그 드래곤을 바라보며 찬미를 아끼지 않았다. 유성으로부터 그들을 구해 낸 신의 사자라 믿었다.

그런데 그때, 로튼이 있던 곳 반대편 성벽 위에서 보랏빛 하나가 살짝 빛났다.

[드래곤 슬레이어(Dragon Slayer)].

순간 드래곤이 기우뚱했다.

이에 머리 위에 선 운정이 갑자기 미끄러지듯 균형을 잡지 못한 듯 보였다. 그는 곧 경공을 펼쳐서 앞에 있는 건물의 지붕 위으로 훌쩍 뛰었다.

후두룩, 두루룩.

로튼이 눈초리를 모아 좀 더 자세히 드래곤을 보았다.

드래곤의 육신은 아래로 흘러내리고 있었다.

"저, 저게 무슨……."

드래곤은 분노한 눈빛으로 고개를 돌려 보랏빛이 난 쪽으로 고개를 향했다. 하지만 그 명령에 따른 것은 오로지 그의 뼈뿐이었다. 그 육신의 모든 것이 그 자리에 남은 채, 오로지 턱뼈만이 움직여 그 보랏빛이 나온 곳을 향해 입을 벌렸다.

당연하지만 화염이 내뿜어질 리 만무했다.

찰나 후 드래곤의 뼈 또한 움직임을 잃어버리고, 죽이 되어 흘러내린 육신 위로 떨어졌다.

로튼이 눈을 부릅뜨는데, 갑자기 옆에서 음산한 기운이 느껴졌다. 그리고 이어 쿵 하는 소리가 들렸다.

로튼이 돌아봤을 땐, 스파르타쿠스는 이미 저 멀리 공중에 있었다.

第一百十二章

"드, 드래곤이……."

"도, 도대체 무슨 일이 벌어지는 거지?"

"타, 탈출해야 해, 탈출!"

드래곤이 허무하게 죽어 버리는 것을 본 모든 사람들은 더 이상 현 상황을 이해하기를 포기했다.

유성이고, 드래곤이고. 너무나 혼란스러워서 마음속에 피어나는 공포를 도저히 억제할 수 없었다.

그들은 유성이 떨어질 때보다 더욱 두려움에 떨며 서둘러 룸 밖으로 도망쳤다.

"카학."

높은 건물의 꼭대기에 선 운정은 양손으로 땅을 짚고는 속에서 올라오는 피를 토해 냈다.

그는 얼마나 많은 심력과 내력을 동원해야 유성이 베어질지 가늠할 수 없었다. 때문에 매번 최선을 다했고, 그로 인해 체력과 내력이 모두 바닥을 보이고 있었다.

그는 두 눈을 떠서 자신이 토한 피를 보았다. 붉은 선혈로, 큰 내상까지 입은 듯했다. 그뿐만 아니라 눈앞이 침침한 것이, 심력조차 남아 있지 않는 듯하다.

이곳이 중원이었다면 대자연의 기운을 무한하게 흡수하여 다시금 단전을 채웠겠지만, 아쉽게도 기가 메마른 파인랜드라 회복이 더딜 수밖에 없었다.

그때 네 엘리멘탈들이 소리쳤다.

[운정! 앞을 봐요!]

[운정! 앞을 봐요!]

[운정! 앞을 봐요!]

[운정! 앞을 봐요!]

운정이 엎어진 채로 고개를 들어 앞을 보았다.

양손 검의 넓직한 검신이 그의 코앞에 있었다.

부웅—!

바짝 몸을 낮춘 운정의 몸 위로, 양손 검이 지나갔다.

운정은 그대로 앞으로 굴러서 몸을 일으켰다. 그리고 뒤를
바라보았다.

그곳에는 휘두른 양손 검의 무게를 이기지 못하고 허우적
거리는 한 기사가 있었다.

그런데 그 허우적거림을 묘하게 이용하여, 한 바퀴를 돈 그
기사는 양손 검의 담긴 모든 무게를 왼쪽 다리에 실으면서 운
정 쪽으로 살짝 뻗었다.

"스파르타쿠스?"

운정이 이름을 미처 다 이야기하기도 전에, 스파르타쿠스
는 몸이 갑자기 운정에게 날아왔다. 그것은 거의 절정, 아니,
초절정 고수에 가까운 속도로 내력도 심력도 고갈된 운정으
로서는 피할 수 없었다.

쿵—!

스파르타쿠스의 왼쪽 어깨가 운정의 턱을 그대로 박아 버
렸다. 운정의 고개가 뒤로 직각으로 꺾였고, 그는 두 걸음이
나 뒷걸음질 쳤다.

스파르타쿠스는 멈추지 않고 왼손을 앞으로 뻗어, 운정의
멱살을 틀어쥐었다. 그리고 그대로 그를 잡아 놀라운 괴력을
발휘해 뒤쪽으로 집어 던졌다.

하지만 운정의 몸은 그대로 스파르타쿠스의 손아귀에 있었
다.

스파르타쿠스가 놀란 눈으로 자신의 팔을 내려다보았다. 여인의 몸통보다도 굵게 튀어나온 그 팔을 운정이 두 손으로 붙들고 있었다. 턱이 뒤로 꺾이는 그 충격에도 정신을 잃지 않고 양손으로 스파르타쿠스의 팔을 붙잡은 것이다.

피슛! 피슛!

스파르타쿠스의 허벅지 양쪽에서 선혈이 한 줄기 뿜어졌다. 운정이 공중에서 놓은 영령혈검이 자연스레 떨어지며 그의 양쪽 허벅지에 관통했다.

그때 운정의 몸이 휘리릭 올라가며 스파르타쿠스의 왼팔을 감싸 안았다. 운정은 자신의 무릎을 스파르타쿠스의 팔꿈치에 가져간 뒤, 양손으로 그의 엄지와 새끼손가락을 잡고 그대로 뒤로 꺾어 버렸다.

으드득!

왼팔이 뒤로 꺾이며, 운정의 멱살을 잡은 스파르타쿠스의 왼손에서 힘이 빠졌다. 운정은 다리로 스파르타쿠스의 얼굴을 차곤 공중제비를 돌아 그의 앞에 안착했다.

운정은 입가에서 흐르는 피를 닦으며 그에게 말했다.

"그만하시지요, 스파르타쿠스. 저와 당신은 더 싸울 필요가 없습니다."

스파르타쿠스는 번뜩이는 두 눈으로 운정을 바라보았다.

그는 입을 벌렸다.

"크아아아아아악!"

짐승의 울음소리.

운정이 눈초리를 모아 그를 바라보는데, 갑자기 그가 왼손을 확 옆으로 털었다. 그러자 뒤로 꺾여 있던 팔이 순식간에 제자리를 찾았다. 피부 위로 핏줄이 징그럽게 꿈틀거리며 다섯 손톱에서 핏물이 배어 나왔다. 한계를 초월한 혈압을 이용해서 관절을 편 것이다.

더 이상 인간이라 부를 수 없다.

운정의 두 눈동자가 그를 빠르게 위아래로 훑었다.

"혈마석, 악마화 주문. 그뿐만 아니라 부활 주문까지. 이대로라면 내일 아침까지도 살지 못하겠군요."

스파르타쿠스는 다시금 입을 벌리더니, 양손 검을 휘둘렀다.

운정은 가만히 서 있었다.

부웅―!

양손 검의 끝은 운정의 코앞을 훑고 지나갔다.

스파르타쿠스는 얼굴을 일그러뜨리더니, 자신의 다리를 바라보았다. 분명 앞으로 나아가며 검을 휘둘렀는데, 몸이 바닥에 뿌리내린 듯 움직이지 않은 것이다.

"크하악! 크하아악! 크아아각!"

그는 이성을 잃은 소리를 내며 다리를 마구 움직이려 했다.

그러나 영령혈검이 관통한 곳은 마혈이 위치한 곳으로, 그의 다리가 움직일 리 만무했다.

짐승처럼 울부짖는 스파르타쿠스를 보며 운정은 잠시 생각했다.

혈마석이 폭주하는 것 하나만으로도 흑기사들은 죽거나 불구가 되었다. 거기에 악마화 주문과 부활 주문까지 겹쳐 있다면, 어떠한 방법으로도 절대로 살아남을 수 없다.

운정이 나지막하게 말했다.

"회복할 수 있는 방법이 도저히⋯ 고통 없이 보내 드리겠습니다."

그가 앞으로 양손을 뻗었다. 그에 호응하듯 영령혈검이 스르륵 스파르타쿠스의 허벅지에서 빠져나오려 했다.

그러나 이를 눈치챈 스파르타쿠스는 오히려 허벅지에 힘을 주었다. 이에 따라 허벅지가 두 배 이상으로 부풀어 올랐다. 영령혈검은 그 살과 근육 속에 파묻혀 더 이상 빠져나오지 못했다. 운정은 잠깐이마나 차오른 심력과 내력을 긁어모아서 영령혈검을 빼내려 했지만, 아쉽게도 스파르타쿠스의 허벅지 힘을 이기지 못했다.

쿵.

쿵.

부풀어 오른 두 다리의 기혈과 근육이 완전히 뒤틀려 혈자리가 무의미해졌다. 때문에 스파르타쿠스는 허벅지에 박힌 영령혈검에 아무 영향도 없는 듯, 천천히 운정을 향해 걸어왔다.

그는 어깨에 양손 검을 맨 상태로 운정 앞에 서더니 그의 앞에 섰다.

운정은 어떠한 감정도 없는 표정으로 그를 올려다보았다.

서로를 마주 보는데, 스파르타쿠스의 눈동자에 큰 변화가 일어났다.

연보랏빛이었던 눈빛이 점차 진해지더니 이내 짙은 보랏빛으로 변한 것이다.

그뿐만 아니라 이성을 되찾았는지, 점차 또렷해졌다.

그의 전신에서 하늘에 이르는 마기가 폭사되기 시작했다.

비이상적으로 커졌던 그의 근육들이 마구잡이로 뒤틀리더니, 일순간 수축하며 제자리를 찾았다. 그와 동시에 그의 머리카락이 점차 길어지면서 진한 보랏빛으로 물들어갔다.

그는 완전히 새로운 존재로 탄생한 듯, 전과는 비교할 수 없는 위압감을 내뿜으며, 작은 미소를 입에 머금었다.

"아하, 넌 동족이로구나."

운정의 눈썹이 꿈틀거렸다.

그가 물었다.

"스파르타쿠스?"

그는 고개를 저었다.

"스파르타쿠스는 방금 지옥으로 갔다. 내 이름은 아락사시온이다."

운정이 설마 하는 표정을 물었다.

"데빌입니까?"

아락사시온은 이를 드러내며 웃었다.

"인간의 육신을 입고, 마법사의 패밀리어로서 지배를 받고 있긴 하지만… 내 존재의 근원이 데빌임은 부정할 수 없는 사실이지."

"……."

"나를 탄생시킨 마법사는 널 죽이고자 한다. 나야 뭐 상관없다만, 태어나자마자 만난 동족에게 흥미가 돋아 그 명령을 잠시 무시하고 있으니 빠르게 대화하자. 언제까지 그의 의지를 무시할 수 있을지는 모르겠으니까."

운정이 되물었다.

"동족이라고 하셨습니까?"

아락사시온이 방긋 웃었다.

"하기야 아직 변태하지 않았으니 모르는 게 당연하겠지. 아니, 못 하는 건가? 그저 애벌레에 불과한 상태에서 너무나 높은 경지에 이르렀어. 그러니 번데기로 변태하지 않는 것이지. 애벌레는 그저 지나가는 것에 불과한데, 그 상태로 남아 있다니. 누군가 억지로 그렇게 만든 것인가? 아니, 네 자신이 그렇게 만든 것이로군."

"……."

"하지만 왜 애벌레로 남아 있는가? 동족이여, 지금이라도 변태하여 나비가 되어라. 애벌레의 삶을 영원토록 유지하는 그 주문을 이겨 내. 우리 데빌은 모든 주문을 먹을 수 있다. 네가 작정한다면, 네 영혼을 묶고 있는 그 주문을 먹고 데빌이 될 수 있어. 애초에 그러기 위한 주문이 아니더냐?"

"주문이라면?"

아락사시온은 미소를 지었다.

"리인카네이션(Reincarnation)."

쾅—!

운정은 누군가 강하게 머리를 가격한 것처럼 비틀거리며 뒷걸음질 쳤다. 그것은 오로지 그의 정신에만 일어난 일이었으나 실제로 머리를 맞은 것보다 더한 충격이 있었다.

아락사시온은 팔짱을 끼며 몸을 가누지 못하는 운정을 지그시 바라보았다.

"하아, 하아, 하악, 하악."

운정은 거칠게 숨을 쉬기 시작했다.

이 세상에 존재하는 모든 공기를 먹을 듯했다.

그것조차 부족한 듯 더욱더 빠르게 호흡했다.

그러나 그의 정신은 조금도 갈피를 잡지 못했다.

머리가 찢어지는 듯한 고통.

운정은 실낱같이 남아 있는 이성으로 무궁건곤선공을 운용했다.

하지만 그의 단전에는 선기가 전혀 남아 있지 않았다.

그의 정신은 어떠한 보호도 받지 못하고 과거의 기억에 완전히 노출되었다.

"으아아아, 으아아악."

운정은 양손을 머리 위에 얹고는 고개를 숙였다. 그리고 사시나무처럼 바들바들 떨었다.

이를 본 아락사시온은 피식 웃더니 한쪽을 바라보았다.

드래곤을 죽인 보랏빛이 번쩍였던 방향이었다.

그가 거만한 어투로 그쪽을 향해 말했다.

"그러니까 내가 말하지 않았나? 대화로 무력화시키는 것이 더 빠르다고. 봐 봐, 영혼과 정신이 갈라져서 몸을 가눌 수조차 없게 되었지 않는가? 이게 더 쉽다니까, 왜 나를 믿지 못하고 자꾸만 공격하라고 떼를 쓰는 거냐? 나를 통제하지 못할까 봐 불안해하는 것은 이해하지만 말이야. 아무튼. 태어나자마자 만난 동족인데 아쉽긴 하군."

아락사시온은 천천히 운정에게 걸어갔다.

운정은 여전히 몸을 가누지 못하고 부들부들 떨고 있었다.

이를 보며, 아락사시온은 어깨에 멘 양손 검을 양손으로 붙잡아 하늘 높이 들었다.

그리고 모든 힘을 다해 내려치려 했다.

그때였다.

운정의 두 손이 흐릿해진 것은.

스륵, 스륵.

영령혈검이 아락시사온의 허벅지에서 일순간에 순식간에 뽑혔다.

그리고 그대로 아락시사온의 목을 양쪽에서 베어 버렸다.

때문에 몸과 완전히 단절된 아락시사온은 양손 검을 땅에 떨어뜨리고야 말았다.

"무, 무슨?"

운정의 손에서 힘이 빠졌다. 그러자 영령혈검이 절로 부유하여 그의 등 뒤에 안착했다.

그는 더 이상 떨지 않았다.

툭.

목이 땅에 떨어진 아락시사온은 운정의 얼굴을 올려다볼 수 있었다.

거기에는 아무 감정도 존재하지 않았다.

그때 운정의 오른손이 서서히 들렸다.

그리고 아락시사온의 가슴에 살짝 얹혀졌다.

[파워-워드 디어사이드(Power word, deicide).]

그 시동어를 듣는 순간, 아락시사온의 얼굴에 공포가 떠올랐다.

"아, 안 돼!"

아락시사온의 육신이 마치 먼지처럼 변하더니 곧 바람에 흩날렸다.

그와 동시에 하늘까지 오염시키던 마기 또한 흔적도 없이 사라졌다.

홀로 선 운정은 고개를 살포시 돌려 한쪽을 보았다.

그는 그쪽을 향해서 한 걸음을 걸었다.

그러자 그의 몸은 이미 그쪽 방향, 성벽에 있었다.

"우, 운정!"

막크는 갑자기 나타난 운정 때문에 화들짝 놀라, 뒤로 벌러덩 넘어져 버렸다.

운정은 부드러운 눈빛으로 그를 내려다보았다.

그가 단조로운 목소리로 말했다.

"물어보고 싶은 것이 있습니다."

"……."

"리인카네이션 주문에 대해서 아는 것을 모두 다 말해 주셨으면 합니다."

막크는 몇 차례 숨을 헐떡였다.

그의 얼굴에 떠오른 공포가 점차 사라졌고, 대신 비열한 웃음이 떠올랐다.

"나, 나를 죽이지 않겠다고… 그, 그렇게 약속하면… 그러면 말씀해 드리겠습니다, 운정 도사. 응? 그렇게 약속해 주십시오."

운정은 툭 하니 말했다.

"좋습니다. 약속하지요."

막크의 얼굴에 안도감이 떠올랐다.

그는 어설프게 웃으며 말했다.

"리인카네이션. 다시 말해 부활 마법은 네크로멘시 학파의 그랜드 마스터 미내로가 처음 완성했다고 알려져 있습니다. 시간이 흐르면서 이런저런 방향으로 발전되었는데, 이에 따라 많은 버전들이 있습니다."

스페라는 전에 예언자 그레이스에 의해서 마법이 통합되었다고 말했었다. 불과 관련된 수많은 마법들이 한데 모여 하나의 주문이 된 것처럼, 리인카네이션 주문 또한 여러 방식으로 나타날 수 있는 것이다.

운정이 물었다.

"예를 들면?"

막크가 빠르게 대답했다.

"저는 그것을 이용해서 데빌을 패밀리어로 삼으려고 했습니다. 네크로멘시 학파의 마스터 욘은 스스로가 마족이 되려고 했었지요. 아무튼 그 근본은 엘프였던 미내로가 자신의 종족의 한계를 넘기 위해서 만든 것입니다."

운정이 다시 물었다.

"그런데 그것과 데빌은 무슨 관계입니까?"

"관계가 깊지요. 깊을 수밖에 없습니다. 부활 주문은 목적의식을 설정하여 죽은 자를 살아 있게 만드는 겁니다. 그리고 살아 있다는 것은 곧 결정하는 것이지요."

"결정하다?"

막크는 고개를 연신 끄덕였다.

"그렇습니다. 결정하는 겁니다. 마법사들이 행하는 마법에서 말하는 포커스가 무엇입니까? 의지의 집합이죠. 하지만 그것이 결국 무엇입니까? 그것은 결정! 결국 결정입니다. 의지가 있다는 것은 결국 무언가를 결정한다는 것입니다. 제, 제 말을 이해하십니까?"

"……"

"에, 엘프 중에는 디사이더(Decider)라는 자들이 있습니다. 그들은 엘프 사회에서 결정을 담당합니다. 무엇이 가장 정당한지, 그것을 판단하고 결정합니다. 그렇기에 그들이 부활하면 데빌이 됩니다. 때문에 데빌이란 본래 이 디사이더란 자들로부터 나오는 것이지요."

운정은 고개를 갸웃했다.

"횡설수설하시는군요. 긴장하지 마시고, 천천히 설명해 보세요."

"……."

막크는 마른침을 삼켰다. 그러곤 자리에서 일어났다. 천천히 심호흡을 하며 떨리는 마음을 다잡았다.

그의 눈길이 살짝 옆을 향하는 순간, 운정이 말을 이었다.

"전 드래곤본으로 된 옷을 입고 있습니다. 죄송하지만, 다른 마법사들의 도움을 받으실 순 없을 겁니다."

"……."

"말씀드렸다시피, 제 질문에 대답해 주십시오. 그러면 목숨은 살려 드릴 것입니다."

"아, 알겠습니다."

운정이 살짝 미소를 지었다.

지극히 부드러웠으나, 막크는 되레 소름이 돋는 것을 느꼈다.

운정이 말했다.

"자, 그러면 차근차근 설명해 보세요."

막크는 잠시 생각을 정리하곤 말했다.

"저보다 한 세대 전에 네크로맨시 학파를 완전히 탈바꿈시킨 마스터가 있었습니다. 미내로라고, 한때 어둠의 마법사들을 사이에서도 공포의 대상이었지요. 그녀는 기존의 것과 완전혀 새로운 부활 주문, 즉 리인카네이션을 개발하여 그것으로 네크로멘시 학파는 물론이고 어둠의 학파 모두를 휘어잡았다고 합니다."

"계속하십시오."

"그녀가 개발한 리인카네이션 주문은 본래 엘프를 위한 주문이었습니다. 복잡하고 정교하기 짝이 없습니다만 그 요지만 말한다면, 엘프는 목적을 잃으면 육신도 죽기 때문에, 목적을 잃은 엘프가 그 육신을 유지하기 위해서 가상의 목적을 가지게 해 주는 것입니다. 하지만 이는 실패작입니다. 이에 걸린 엘프들은 그 주문이 주는 목적이 가상으로 설정된 것임을 깨달아 결국 죽음을 선택하곤 했지요."

"……."

"하지만 의외의 성과가 있었습니다. 바로 정점에 이른 인간에게 사용할 때, 극소수의 확률로 전혀 다른 결과가 얻어진다는 것입니다. 인간은 본래 스스로 목적을 설정합니다. 강한 의식과 의지를 지니고 있지요. 그런 인간에게 가상의 목적의식을 부여한다? 그 뜻은 인간이 자신이 가지고자 하는 의지를 선택할 수 있게 되는 것입니다. 다시 말하면 어떤 의지를 가지고자 결정할 수 있게 된다는 뜻입니다. 환경과 상황에 따라 의지가 바뀌는 인간이 그 모든 것으로부터 벗어나서 스스로 원하는 의지를 마음대로 가질 수 있다면, 그것이야말로 생물로서 정점에 이른 것 아니겠습니까?"

운정은 나지막하게 물었다.

"그것과 데빌과 무슨 상관입니까?"

"생각해 보십시오. 만약 이미 정점에 이른 자에게 부활 마법이 시전된다면? 의지를 의지함을 또 의지하게 된다면? 운정 도사님, 운정 도사님께서는 이미 아실 것입니다. 한번 반복성이 설정되면 이는 무한하게 되지요."

"……."

막크는 양팔을 좌우로 벌렸다.

"그때는 데빌이 탄생하는 겁니다. 트렌센던스. 예, 리인카네이션 스펠은 그랜드위저드를 트렌센던스에 이르게 해 줍니다. 절정에 달해 있는 생물에게 한하여, 리인카네이션은 데빌을 소환시킵니다. 이를 다른 말로 악마 소환 주문이라 하지요."

운정이 나지막하게 물었다.

"데빌이 트렌센던스입니까?"

막크는 빙그레 웃었다.

"데빌이 아니라면 무엇이 트렌센던스입니까? 모든 마법을, 아니, 모든 마나를 먹어 치우는 존재를 트렌센던스 외에 무엇으로 설명해야 합니까?"

"……."

"하지만 이는 도박입니다. 그랜드위저드라고 할지라도 포커스에 대한 깨달음이 완벽한 것은 아니기 때문입니다. 그런데 그보다 더욱 안전한 방법이 있습니다. 바로 엘프 개체 중 디사이더들에게 시전하는 것입니다."

"디사이더?"

"그들은 태생부터가 종족의 한계에 달해 있지요. 아무것도 결정할 수 없는 엘프 개체 중 유일하게 모두의 행동을 결정하니까요. 그들은 스스로를 의지를 억지로 낼 수 있을 뿐만 아니라, 타 개체의 행동 방침까지 결정합니다. 정신적으로 그들만큼 강력한 자는 없을 겁니다."

운정은 침묵하며 가만히 땅을 바라보았다.

막크가 초초한 눈길로 그를 보는데, 그가 곧 고개를 저었다.

"애초에 리인카네이션 주문은 미내로가 개발한 것이 아닙니다."

"예?"

운정은 눈을 감았다.

그리고 옛 기억을 떠올렸다.

"리인카네이션 주문은 미내로가 고대의 마법 책을 보고 터득한 주문입니다. 그중 일부를 취하여 엘프 종족의 한계를 넘고자 재탄생시킨 것일 뿐이지요. 마스터 막크께서는 순서를 잘못 아시고 계시군요. 부활 주문이 악마 소환 주문으로 발전된 것이 아니라, 반대로 악마 소환 주문에서 부활 주문이 만들어진 것입니다."

"그, 그럴 리가. 이, 이미 알고 있었던 겁니까? 그, 그런데 왜?"

운정이 차분히 대답했다.

"제가 알고 싶은 부분은 그 주문이 욘, 고바넨, 그리고 당신까지 내려오면서 어떻게 변해 왔는가입니다. 특히 스파르타쿠스가 아락사시온이란 데빌이 된 것은… 제가 아는 지식 선에선 불가능하거든요."

"……."

"그 부분을 설명해 주십시오."

막크는 가만히 운정을 바라보았다.

하지만 결국 입을 열 수밖에 없었다.

"제가 방금 말씀드렸던 것처럼 리인카네이션은 여러 방면에서 연구되었습니다. 그중 욘은 데빌의 육신을 탐했지요. 전그 연구 결과를 역으로 이용했습니다. 디사이더를 통해 쉽게데빌을 만들되, 그것을 역으로 인간의 육신에 넣는 것입니다. 그렇다면 패밀리어로 삼을 수 있을 테니까요."

"……."

"최근 디사이더의 사체를 하나 얻었습니다. 스파르타쿠스에겐 악마화 주문을 지속적으로 걸어 그 그릇을 만들었습니다.

아락사시온은 그 실험의 결과입니다. 성공적이긴 하지만 불안 정했는지, 패밀리어처럼 완벽히 지배가 되지 않더군요."

운정이 물었다.

"그럼 마스터 막크 당신은 본래 네크로멘시 학파에 속해 있 었던 겁니까?"

막크는 고개를 저었다.

"아닙니다. 리인카네이션 마법을 익혔을 뿐입니다."

"……."

운정의 시선이 다시 땅을 향했다.

막크는 말없는 운정의 눈치를 살피다가 말했다.

"그, 그럼 이제 절 보내 주시는 겁니까?"

운정이 입을 열었다.

"아니요. 그럴 순 없습니다."

막크의 표정이 일순간 어두워졌다.

"보, 보내 주신다고 하지 않으셨습니까?"

"전 당신을 죽이지 않겠다고 했지, 보내 준다곤 하지 않았 습니다, 마스터 막크."

"……."

운정은 고요한 눈길을 들어 롬을 바라보았다.

"국가 간에는 서로의 이해관계가 있어 미티어 스트라이크 주문에 관한 자기 통제가 이뤄지고 있습니다. 이는 현장에서 제가 직접 경험한 것으로, 크게 걱정되는 부분이 아닙니다. 하지만 어둠의 학파는 그렇지 않습니다. 미티어 스트라이크 주문 같이 극도로 파괴적인 주문을 언제든 자신의 욕망과 목적을 위해서 사용할 수 있으며, 또 그 증거를 오늘 보이셨습니다. 때문에 저는 이를 더 이상 묵과할 수 없습니다. 어둠의 학파들을 평정하고 이들을 신무당파의 질서 안으로 들일 것입니다."

"……."

"이는 마스터 막크에게도 희소식입니다. 왜냐하면 신무당파는 어떠한 행위로 판단하기보다 그 안에 담긴 진의를 따지기 때문입니다. 빛의 마법사들이 모여 어떤 특정한 마법을 금지하는 것과 달리, 우리는 어떤 마법을 사용하더라도 그 마법을 무슨 목적에서 사용하였는지를 따질 것입니다. 그리고 그 판단 기준이 되는 것은 바로 '공존'이며 그것은 지금껏 악하다는 비판은커녕, 너무나 이상적이란 말을 들었을 정도로 광범위한 것입니다. 그것이 모든 생물의 절대 선이라고는 감히 주장할 수는 없으나, 절대 선을 찾아가기 위해 세밀한 정의를 잡아 가는 데 있어 그 시발점으로는 훌륭하다고 생각됩니다."

"……."

"이를 위해선 무엇이 선인가에 대한 의논도 충분히 있어야 하지만, 무엇이 악인가에 대한 의논도 같이 따라와야 합니다.

제 생각에는 마스터 막크께서 후자 쪽에 큰 도움을 주실 수 있으리라 믿습니다. 지금까지 행한 악행에 대한 처벌로는 이보다 더 가벼울 수 없을 테니, 이에 따르지 않는 것은 허락하지 않겠습니다."

막크는 한쪽 입꼬리를 올렸다.

"하, 하핫, 하하하."

"……."

"크하하, 크하하, 하하하!"

그는 세상이 떠나가도록 한참을 웃어 보였다.

운정이 그에게 말했다.

"말씀드린 대로 목숨은 살려 드릴 것입니다."

막크는 갑자기 웃음을 멈췄다.

그러곤 이를 악물더니, 곧 지팡이를 앞으로 뻗으며 주문을 외웠다.

운정은 아무것도 하지 않고 그대로 그를 바라보았다.

막크가 마법을 시전했다.

"파워 워드 디어사이드!"

그의 외침은 허무하게 공중으로 사라졌다.

드래곤본에 의해서 마법 자체가 성립되지 못한 것이다.

막크는 허탈한 듯 헛바람을 내뱉었다.

운정이 빙그레 웃으며 말했다.

"죄송하지만 난동을 부리게 둘 수도 없겠군요."

그는 왼손을 앞으로 살짝 뻗고는 손가락을 튕겼다.

그러자 막크의 지팡이가 그 중간에서부터 깨지듯 금이 가더니, 이내 가루가 되며 사라져 버렸다.

성벽 이곳저곳에 퍼져 있던 어둠의 마법사들은 이를 처음부터 끝까지 모두 보았다. 지팡이가 사라졌다는 것은 그 승패가 갈렸다는 뜻. 그들은 하나둘씩 공간이동을 펼쳐 도망쳤다.

운정은 그들이 떠나는 것을 알면서도 미동조차 하지 않고 막크를 내려다보았다.

마법사들이 하나씩 사라질 때마다, 막크의 표정이 서서히 일그러졌다.

"……."

운정은 말없는 막크에게로 걸어왔다. 그러곤 손을 내밀었다.

"손을 잡으세요."

막크는 절망 어린 눈빛으로 그 손을 물끄러미 내려다보다가 말했다.

"무엇을 하시려고요?"

"잡으시면 압니다."

"……."

막크는 고민했지만, 결국 곧 손을 얹을 수밖에 없었다.

그 순간 세상이 뒤바뀌었다.

막크는 뒷걸음질 치며 사방을 둘러보았다.

"이, 이곳은?"

버섯 속에 있는 큰 나무 다섯 그루.

세상에 그런 환경을 가진 곳은 오로지 카이랄밖에 없다.

그때 한쪽에서 높은 어조의 목소리가 들렸다.

"막크? 막크잖아!"

자신의 이름을 부르는 소리에 막크가 한쪽을 돌아봤다.

그곳엔 분노로 얼굴이 일그러지고 있는 스페라가 있었다.

막크는 서둘러 오른손을 뻗었다.

그러나 그의 손에 지팡이가 있을 리 만무했다.

이를 눈치챈 스페라는 씨익 웃더니 살기 어린 눈빛을 하며
천천히 걸어왔다.

막크는 얼른 운정을 돌아봤다.

"저, 저를 죽이지 않겠다 하시지 않으셨습니까?"

운정은 고개를 끄덕였다.

"그렇습니다."

"……"

"죽이지는 않겠습니다."

막크의 얼굴은 울상이 되었다.

"사, 살려 주십시오! 운정 도사! 뭐든지! 뭐든지 하겠습니다!

그러니 델라이의 미치광이를……."

"뭐? 미치광이? 두 번 죽고 싶구나?"

단순히 죽는 것이 문제가 아니다.

스페라라면, 이 세상에서 가장 고통스러운 방법들을 아주 잘 알 것이다.

막크는 후들거리는 다리를 겨눌 수 없어 그 자리에 주저앉아 버렸다.

운정은 막크와 스페라의 중간을 막아섰다.

"스페라, 이자는 신무당파에 꼭 필요한 인물입니다. 그를 죽이실 순 없습니다."

스페라는 고개를 느릿하게 으르렁거리듯 말했다.

"난 네 말을 듣고 슬롯을 용서했어. 하지만 그놈은 도저히 안 돼. 그놈은 자신의 의지로 날 죽이려고 한 놈이라고. 어떻게 용서하라고 하는 거야?"

"알고 있습니다. 제 말은 그를 죽이지 말라는 말이지, 그를 용서하라는 말은 아닙니다."

스페라가 눈썹을 찌푸렸다.

"뭐? 그게 그거잖아."

"죽음이 죗값을 치르는 유일한 방법은 아니지 않습니까?"

그 말에 막크의 얼굴이 핼쑥하게 변했다.

그리고 반대로, 스페라는 기묘하게 웃었다.

"오? 설마 운정이 그렇게 말할 줄은 몰랐는데."

"물론 그를 고문하라는 뜻도 아닙니다. 정신적인 고통을 주라는 뜻도 아니지요. 제 말은 남은 생애 동안 자신이 저질러온 일에 대해서 반성하고 돌이킬 수 있는 기회가 주어져야 한다는 뜻입니다."

스페라는 눈을 반쯤 감으며 팔짱을 꼈다.

"그래서? 정확히 뭘 말하는 건데?"

운정이 말했다.

"마스터 막크는 롬에서 수많은 인간의 생명을 아무렇지도 않게 생각했습니다. 미티어 스트라이크 주문을 시전하여 이를 스스로 증명했지요. 따라서 그는 앞으로 평생 동안 신무당파에 남아 이에 대한 사죄로 우리를 도와야 할 것입니다. 저는 곧 어둠의 학파를 평정할 것입니다. 이자는 정보를 제공할 것이며, 그 이후에도 공존의 개념을 잡아갈 때에 악을 대변케 할 것입니다."

스페라는 한쪽 입꼬리를 올렸다.

"아하, 무슨 말인지 알겠어. 그럼 일단 저놈이 마법을 펼치게 둬선 안 되지 않을까? 지팡이 없는 걸로는 부족해 보이는데?"

"어느 정도 자유를 빼앗아야 한다고는 생각합니다."

"그럼 나한테 맡겨 줘. 내가 잘 가르쳐 볼게."

"스페라."

"진짜야. 어떠한 고통도 주지 않고 피해도 입히지 않을 거야. 네가 말한 대로! 정말로!"

"……."

"나 못 믿는 거야, 운정?"

운정은 한숨을 쉬었다. 그러곤 나지막하게 말했다.

"알겠습니다. 부탁드립니다."

스페라는 손을 휘저었다.

그러자 막크는 그 자리에서 어디론가로 사라져 버렸다.

그가 어디로 갔는지, 어떻게 되었는지 운정은 묻지 않았다. 그녀를 믿기로 했으니까.

스페라는 천천히 운정에게 다가와서 그의 얼굴에 손을 올렸다. 그리고 곱게 쓰다듬으며 말했다.

"알비온한테 이야기 들었어. 나도 가려고 여기서 준비하려는데 네가 딱 나타날 줄은 몰랐네. 잘 풀린 거야?"

운정은 고개를 끄덕였다.

"예, 잘 풀렸습니다."

"그런데 왜 그런 눈을 하고 있어?"

운정은 희미하게 웃었다.

"제 과거를 깨달아 버렸습니다."

"과거?"

"예."

"무슨 과거?"

운정의 웃음은 더욱더 깊은 허무함으로 물들었다.

그가 말했다.

"일단은 롬에서의 일을 마저 끝내야겠습니다. 그 이후에 말을 나누도록 하지요."

스페라의 표정이 짐짓 심각해졌다.

"왜 그래? 너? 괜찮아?"

운정은 억지로 웃어 보이고는 말했다.

"이따가. 이따가 말씀드리겠습니다. 지금 말해 버리면, 아마 무너져 버릴 거예요."

"……."

"그럼."

심상치 않다는 것을 느낀 스페라가 그에게 말하려 했다.

"운정, 도대체 무스……."

운정이 한 걸음 물러나자, 그의 몸이 그 자리에서 사라졌다.

이를 보던 스페라의 두 눈동자가 보름달만큼이나 커졌다.

"고, 공간이동?"

아쉽게도 카이랄에는 그녀의 질문에 대답해 줄 사람이 아무도 없었다.

*　　　　*　　　　*

동쪽에서 아침 해가 떴다.

연합군은 롬의 유성이 파괴되었다는 정보가 들어오자, 속속들이 롬으로 돌아왔다. 이들을 통솔하는 미에느 또한 막 공간이동으로 도착한 뒤, 옆에서 기사가 가져온 물을 들어 그대로 자기 머리 위에 부었다.

"고, 공주님!"

"괘, 괜찮으십니까?"

그녀는 주변의 걱정에도 아랑곳하지 않고, 차갑게 젖은 머리카락을 뒤로 넘겼다. 쩡한 추위가 몽롱한 정신을 확 일깨우는 듯했다.

그녀의 또렷해진 눈동자가 눈앞에 있는 롬을 향했다.

"진짜네. 난 하도 멀미가 나서 환상이라도 보는 줄 알았어."

그녀 옆에 있던 브리타니가 말했다.

"타이지 백작이 드래곤을 타고 유성을 부쉈다는… 정말 말도 안 되는 정보이지만 문제는 그 정보가 다방면에서 지속적으로 들려온다는 점입니다. 이를 믿어야 할지, 안 믿어야 할지 그 여부를 가리기 너무 어려워 직접 확인해 봐야 할 듯합니다."

"가려서 뭐 해? 뭐가 이유가 되던 간에 유성 네 개가 폭파됐어. 그리고 지금까지 그런 기술을 보여 준 건 델라이가 유일하지. 어쩌다 한 번 하나의 유성을 운 좋게 파괴했을지는 몰라. 그런데 타국의 도시에서 네 개의 유성을 방어한다? 이건 이미 체계화된 기술이라 봐야 해."

그 말에 브라티는 떨리는 목소리로 말했다.

"그, 그 뜻은 델라이가 더 이상 미티어 스트라이크를 두려워하지 않는다는 말씀이십니까?"

미에느는 입술을 살짝 깨물었다.

"일단 보고된 지역으로 가자."

그들은 빠르게 걸음을 옮겨 드래곤이 뚫고 지나간 성벽 쪽에 이르렀다. 그곳에는 수많은 인파가 갈팡질팡하고 있었는데, 롬 밖으로 피신하는 자들과 안으로 다시 들어가는 자들로 나뉜 듯했다.

그들을 통솔하고 있는 것은 임모탈 기사들과 신무당파의 제자들이었는데, 성벽 위쪽에서 두 인물이 그 인파를 내려다보며 논의하고 있는 것이 보였다.

미에느는 그중 한 명의 시선과 마주쳤다.

[미에느 공주님이군요. 이쪽으로 오시겠습니까?]

머릿속에서 울리는 듯한 목소리는 운정의 그것이었다.

미에느가 말했다.

"좋아요."

브리타니가 그녀를 돌아보았는데, 그녀의 몸이 일순간 사라져 버렸다.

"고, 공주님? 공주님!"

그때, 성벽 위에서 미에느가 고개를 내밀고 그를 향해 외쳤다.

"여기 있어요! 걱정 마세요!"

브리타니는 영문을 모르겠다는 표정을 지었지만, 미에느는 더 설명하지 않고 운정 쪽을 바라보았다.

"갑작스러운 공간이동이라니, 놀랐어요."

"안색이 좋지 못하군요. 머리가 어지러우면 논의하는데도 문제가 많겠지요. 잠시 가만히 있어 보십시오."

운정은 오른손을 뻗었다. 그러자 그의 손에서 실프가 나타나 그녀를 한 번 훑고 지나갔다. 그 순간 바람이 미에느의 세포 사이사이에 스며들었다. 그리고 그와 동시에 그 안에 있던 모든 노폐물들이 씻겨 내렸다.

감각도 또렷해지고 정신도 돌아왔다. 마치 오랜 숙면을 취한 것 같았다.

그녀는 살짝 미소를 지으며 예의를 잊지 않았다.

"감사합니다, 운정 도사님. 그런데 옆에 계신 분은?"

운정이 그에게 손을 뻗으며 말했다.

"이분의 이름은 크릭수스라고 합니다. 임모탈 기사단의 루테닉(Lieutenant)이시지요."

미에느는 치맛자락을 살짝 잡으며 고개를 살짝 숙였다.

"이번 혁명을 이끄신 분이로군요. 반갑습니다. 전 사왕국 연합군의 수장인 미에느 공주입니다."

크릭수스는 차가운 눈빛으로 그녀를 보더니 툭 하니 말했다.

"뭔가 얻어먹을 것이 있을 것 같아서 다시 온 모양인데, 앞으로 롬은 노예 기사들이 통제할 것이오. 당신은 당신이 이끌고 온 대군과 함께 돌아가시오."

미에느는 맑게 웃었다.

"그럴 리가요. 저희는 크릭수스 경의 용기 있고 결단력 있는 이 혁명을 찬양하는 입장입니다. 제가 연합군을 이끌고 온 것은 혹시나 도움이 되지 않을까 해서 온 것입니다."

"아니, 도움이 되지 않소. 얼마든지 우리만으로 통제할 수 있으니 걱정 마시오."

미에느의 웃음은 더욱 진해졌다.

"물론 지금은 그렇겠지요. 하지만 이 천년제국에 도시가 오로지 롬 하나랍니까? 황실이 무너진 이상, 롬의 유력한 공작 가문들이 들고 일어나 너도 나도 황제를 자청하려고 할 것입니다. 그것은 곧 누가 먼저 롬을 차지하느냐의 싸움이 되겠지요. 이를 연합군의 도움 없이 막아 낼 수 있겠습니까?"

"……."

"혹시라도 타이지 백작님을 믿는 것이라면, 틀리셨습니다. 타이지 백작님께서는 노예를 해방하는 일에 앞장서기에 당신을 도와준 것이 아닙니다. 사람들의 헛된 피 흘림을 막는 일에 관심이 있으신 분입니다. 노예 기사단에서 저희 연합군과 동맹을 맺는다면, 전쟁을 억제하는 힘을 갖추게 될 터이니… 이에 관해선 오히려 타이지 백작님도 저와 생각이 같을 것입니다. 아닙니까?"

그 말에 크릭수스는 운정을 바라보았다.

운정은 부드럽지만 또박또박 말했다.

"그녀의 말이 맞습니다, 크릭수스 경. 나는 전쟁이 일어나는 것을 바라지 않습니다. 전쟁이 일어나지 않는 방법은 모두가 비슷한 힘을 갖추는 것입니다. 그녀와 동맹을 맺고 연합군을 받아들이세요. 그 보증을 신무당파에서 하도록 하겠습니다. 둘 중 약속을 깨는 자가 있다면, 신무당파에서 합당한 처벌을 내리지요."

그 말에 크릭수스는 더 고집을 피우지 못했다.

운정은 롬을 구한 신의 사자다. 그뿐인가? 악마화 주문으로 인해서 고통받는 노예 기사들의 회복을 약조한 것도 그다. 자신의 형이 어떠한 모습으로 변했는지 눈으로 똑똑히 바라본 그의 입장에서 그것은 절대 거절할 수 없는 도움이다.

크릭수스가 말했다.

"운정 도사, 당신이 이 약속의 보증이 된다면, 좋소, 연합하도록 하지."

미에느가 재빨리 말했다.

"롬의 복구 작업 및 치안 그리고 제국 내 공작가들을 향한 첩보 활동까지 모두 맡겨 주시지요. 그 대가로 제가 바라는 것은 롬에 존재하는 모든 지식과 기술들입니다. 특히 알렉산드리아 대도서관을 가장 먼저 탐구하고 싶군요."

크릭수스는 눈살을 찌푸리곤 말했다.

"좋소. 내겐 아무 쓸모도 없는 것들이니 당신의 뜻대로 하시오. 하지만 노예 기사들, 특히 그중에서도 임모탈 기사단에게 모든 일에 대한 결정권이 있음을 잊지 마시오."

"물론이지요. 그럼 지금 군사들을 동원해서 혼란에 빠진 시민들을 통솔하고 롬을 재건해 보도록 하지요. 타이지 백작, 절 돌려보내 주실 수 있겠습니까?"

미에느의 말이 운정이 고개를 끄덕였다.

"물론입니다, 미에느 공주님."

"이따 또 뵙겠습니다."

그녀는 포권을 취했다.

운정은 작게 읊조렸다.

[루밍(Rooming).]

미에느의 모습이 성벽에서 사라졌다.

운정이 그를 돌아보며 말했다.

"그럼 치안은 연합군에 맡겨 주시고 악마화 주문이 걸린 노예 기사들을 한곳에 모아 주십시오. 바로 회복시켜 드리도록 하겠습니다. 하지만 말씀드린 것처럼 블러드스톤까지 사용한 이들의 회복은 거의 불가능할 것입니다."

크릭수스는 고개를 끄덕였다.

"알겠소, 운정 도사. 당신의 뜻에 따르도록 하지요."

그가 고개를 숙이자, 운정이 그의 어깨에 손을 올렸다.

"형님의 일은 유감입니다, 크릭수스."

그는 몇 번이고 입술을 달싹였지만, 끝끝내 아무 말 하지 못했다.

*   *   *

그다음 날 해가 질 때까지 롬의 일을 대강 끝마친 운정과 제자들은 모두 델라이로 돌아왔다. 이후 있을 정치적 혹은 외교적 일에 대해선 델라이에 맡기기로 했다. 이에 렉크는 사안이 사안인 만큼 직접 롬으로 가서 미에느와 함께 일을 주도했다.

해가 지고 난 연무장에는 운정과 시아스 그리고 그들을 마주 본 네 제자가 서 있었다. 횃불이 밝히는 밝은 불빛 아래에서 운정은 그들 한 명, 한 명을 바라보며 말했다.

"롬의 시민들을 생각하고 그들을 대피시킨 너희는 앞으로 신무당파의 정식 제자가 되기 마땅하다. 너희 모두에 대해서 의논한 결과, 나와 마스터 시아스 그리고 엘더 스페라까지 모두 만장일치로 너희 넷을 신무당파의 정식 제자로 임명하기로 했다. 이에 정식 제자의 증표 세 가지를 너희에게 줄 것이다."

"……."

"첫째는 실프와 노움이 담긴 엘리멘탈 알이다. 이를 모두 받도록 해라."

이에 시아스는 옆에 준비한 엘리멘탈 알 한 쌍을 각각의 제자에게 나누어 주었다.

운정이 이어 말했다.

"두 번째로 줄 것은 토납법과는 비교도 할 수 없을 만큼 막대한 내력을 얻게 해 주는 선공, 인피니트 에어 엔 테라(Infinite Aer and Terra)이다. 이는 너희가 방금 지급받은 엘리멘탈의 알 없이는 익힐 수 없으니, 꼭 그 알들을 양손에 품은 채로 운용하길 바란다. 첫 시도 이후 엘리멘탈이 단전에 안착하면, 다음부턴 알은 빈껍데기에 불과하니 더 이용하지 않아도 된다."

'인피니트 에어 엔 테라'는 무궁건곤선공을 엘리멘탈의 알에 맞게 수정 및 번역한 무공으로, 시아스가 명명했다.

그들 모두는 그것을 받으며 담담한 표정을 지었지만, 상승 무공을 익힐 수 있다는 생각에 마음속으로는 다들 들떴다.

운정이 나지막하게 말했다.

"두 엘리멘탈의 알을 이용한 IAaT의 운용은 아직 그 안전이 확실하지 않다. 나도 시아스도 성공했지만, 이를 너희 모두가 성공하리란 보장은 없다. 선착 법칙에 따라서 육신은 물론이고 영혼까지도 소멸할 수 있는 위험이 있다는 것을 모두 알아 두길 바란다. 포기한다 해서 신무당파를 떠나야 하는 것은 아니니 언제든 생각이 바뀌면 내게 개인적으로 찾아오너라."

그 말에 모든 이들의 표정에 결의가 들어찼다. 그들 중 누구도 포기할 생각은 없는 듯 보였다.

운정은 다시금 말했다.

"세 번째이자 마지막으로 줄 것은 바로 나리튬 클록이다. 이는 타노스 자작의 허락으로 얻게 된 것으로, 이곳에 내력을 불어넣으면 마법으로부터 너희를 완전히 보호할 것이다. 다만 낮은 수준에선 내력의 소모가 크니 사용함에 있어 신중에 신중을 기울여야 할 것이다."

시아스는 다시금 뒤에 있던 금색 빛의 클록을 각각의 제자들에게 나누어 주었다. 그들 모두가 등 뒤에 그것을 걸치니, 연무장 전체가 금빛으로 환하게 빛나는 듯했다.

이후 운정은 신무당파의 개파선언문을 낭독하고 또 그들을 축하해 주며 임명식을 마쳤다. 감사를 표한 제자들은 모두 자기 방으로 돌아갔는데, 표정들을 보아하니, 오늘 밤 당장 엘리멘탈의 알을 들고 IAaT를 익힐 듯싶었다.

운정은 천천히 걸어 마스터 룸에 갔다.

그곳엔 타노스가 그를 기다리고 있었다.

운정이 말했다.

"오래 걸려서 죄송합니다. 한참을 기다리셨을 텐데."

타노스는 고개를 저었다.

"아닙니다. 어차피 기다리는 건 익숙합니다. 나리튬 클록은 잘 맞았습니까?"

"네, 모두에게 딱 맞더군요."

"그렇군요."

타노스는 이후 더 말하지 않았다.

운정은 그의 맞은편에 가서 앉으며 물었다.

"제 제안은 생각해 보셨습니까?"

타노스는 잠시 말을 아끼더니 곧 나지막하게 대답했다.

"아직은 모르겠습니다. 엘리스에 관한 이야기를 모두 듣고 나니까, 그냥… 모르겠습니다. 앞으로 제 자신도 어떻게 해야 할지."

운정은 살짝 웃었다.

"혹 다시 롬으로 돌아가시고 싶으시다면 저희가 친절히 배웅해 드리겠습니다."

타노스는 머리에 손을 가져가 마구 헝클었다.

"그냥… 후우, 잠시 제가 생각을 정리할 동안만 이곳에서 머물러도 되겠습니까? 나리튬 클록을 더 만들어 드리지요."

"그렇게 하지 않으셔도 됩니다. 얼마든지 있다 가세요."

타노스는 고개를 저었다.

"아니요. 그냥 있을 수는 없지요. 운정 도사님의, 아니, 타이지 백작님의 제안을 정식으로 받은 건 아니지만… 있는 동안만큼은 밥값을 하겠습니다."

운정은 포권을 취했다.

"그렇다면 사양하지 않겠습니다, 타노스 자작님."

타노스는 한숨을 쉬고는 자리에서 일어났다. 그러곤 자리에서 일어나며 말했다.

"왕궁에 아직 제작부가 남아 있을지 모르겠군요……."

그 말에 운정이 그를 돌아봤다.

불현듯 드는 생각에 그가 중얼거리듯 물었다.

"혹시 그곳에 있는 기계 공학은 무슨 원리입니까? 어떤 마법이지요?"

타노스가 멈춰 서서 운정을 돌아보았다.

"기계 공학요? 그것은 마법이 아니라 잊힌 기술입니다."

"잊힌 기술요?"

"예. 마법이 존재하기 수백 수천, 아니, 수만 년 전부터… 먼 옛날 우리가 알지 못하는 시대의 유산이지요."

"……."

"그런데 그건 갑자기 왜 물어보십니까?"

운정은 이내 말을 멈추곤 고개를 저으며 말했다.

"아닙니다. 푹 쉬십시오."

타노스는 묘한 표정으로 운정을 보다가 곧 짧게 인사하곤 밖으로 나갔다.

운정은 그곳에 가만히 앉아 있었다.

"……."

빛과 소리가 빠르게 사라진 방 안.

운정에게 어둠이 찾아왔다.

그러자 운정의 눈엔 여러 장면들이 보이기 시작했다.

침묵이 찾아왔다.

그러자 여러 소리들도 들리기 시작했다.

눈을 감아도 귀를 막아도, 그것들은 계속됐다.

아무리 내력과 심력을 동원해도 그는 자신의 기억으로부터 도망칠 수 없었다.

그때 누군가 방 안으로 공간이동을 했다.

운정이 겨우 눈을 뜨고 앞을 보니, 스페라가 그를 내려다보고 있었다.

"운정, 설마 울어?"

운정은 그 말에 눈가를 훔쳤다. 눈물이 배어 나왔다.

"스페라……."

스페라는 운정의 옆으로 다가갔다.

그러곤 그의 얼굴에 손을 올렸다.

운정의 얼굴은 짙은 허무감으로 가득 차 있었다.

스페라가 말했다.

"괜찮은 거야? 왜 그래?"

"……."

"아까 하려던 이야기는 뭐야? 왜 카이랄에서 말하고 싶은 것이 있다고 했잖아?"

운정은 고개를 여러 번 끄덕이더니, 손을 올려 그녀의 손에 포갰다.

그는 지금껏 마음 한편에 묻어두었던 허무함을 입 밖을 꺼내기 시작했다.

"당시 전 롬에 떨어지는 유성을 막느라 모든 체력과 내력과 심력을 전부 써 버렸습니다. 때문에 깨달은 기억에 저항할 힘이 없었습니다. 그래서, 그래서 모두 기억나 버렸습니다."

스페라는 불안한 목소리로 물었다.

"무, 무슨 소리를 하는 거야? 기억을 깨닫다니?"

운정은 룸에서 있었던 이야기를 간략하게 해 주었다.

그리고 스페라의 손에 볼을 한번 비비더니 중얼거렸다.

"전 과거 임모라라는 이름을 가진 엘프였습니다. 디사이더 였지요. 차원이동을 연구하여 이를 시전한 장본인이며, 미내로의 리인카네이션 주문으로 다시금 부활했습니다."

"……."

스페라의 두 눈동자가 보름달만큼 커졌다. 하지만 그녀는 아무 말 하지 않고 가만히 기다렸다.

운정은 눈을 감으며 말을 이었다.

"전 본래 데빌이 되었어야 합니다. 하지만 태어나 단 한 번도 육식하지 않고 수경신을 쉬지 않았으며 도교의 학문을 배웠고 무엇보다도 어머니에게 이름을 받지 못했습니다. 아마도 제게 리인카네이션 주문을 건 미내로가 그렇게 안배한 것이라 생각합니다. 그녀는 임모라가 데빌이 되기 보단, 임모라로서 존재하길 바랐으니까요."

"……."

"무공의 경지가 높아지면서 또 태극마심신공를 통해 모든 마성을 외부로 모두 쏟아 내면서, 리인카네이션 마법은 거의 억제되었습니다. 하지만 이후에도 몇 번이나 임모라의 기억이 되돌아오려고 했습니다. 제 영혼에 새겨진 리인카네이션 주문은 계속해서 제가 본래 누군지를 떠오르게 만들었지요. 결국 영령혈검을 빼앗긴 채, 선공도 펼칠 수 없는 상태에서, 고대어로 말한 리인카네이션 주문을 들으니, 임모라의 기억이 모두 돌아와 버린 겁니다."

"……."

"왜 제가 지금껏 존재적인 고민을 쉬지 않았는지 알 것 같습니다. 남들은 그저 목적 없이도 잘 살아가는데 저 혼자만 필사적으로 생의 목적을 찾으려 했는지 이제는 알 듯합니다. 그리고 왜 그것을 스스로 설정하고 또 따르려는지도 이제는 알 듯합니다. 그리고 왜 제가 엘프를 이해할 수 있었으며, 또 엘프를 친구로 두었는지도 알 것 같습니다."

"……."

"스페라, 전 이미 죽은 존재입니다. 리인카네이션으로 되살아났지만, 이미 죽은 존재라는 것에는 변함이 없지요. 그래서 전 즉사 주문에도 면역인 겁니다. 전 도대체 누굴까요? 임모라일까요, 운정일까요? 또 신무당파은 무엇이며 공존은 뭘까요? 부활 마법으로 살아남기 위해서 그저 스스로에게 부여한 목적들이니, 이들에게 과연 진실된 가치가 있을까요? 스페라… 난 모르겠어요."

"……."

"카이랄은요. 그는 스스로 죽음을 선택했어요. 당시에는 전혀 이해하지 못했으나… 지금은, 지금은 알 것 같아요. 신무당파도 자리를 잡았지요. 이젠 제가 없어도 될 겁니다."

운정은 그가 전에 말한 대로 서서히 무너져 내리기 시작했다.

그때 스페라가 운정을 와락 안았다.

그녀는 속삭이듯 말했다.

"됐어. 더 고민하지 마, 운정. 그리고 제발 부탁인데, 죽는다는 소리도 하지 마."

"……."

"네가 죽으면 난? 난 어떻게 하라고? 평생을 마법만 좇았어. 지식을 채우는 끝없는 욕망에 시달리며 하루하루를 살아왔어. 그러다 결국 널 만났어."

"……."

"난 평생 동안 처음으로 어머니가 되고 싶다고 생각했어. 너와 함께 결혼해서 아이를 낳고 싶어졌어. 무희로서 살면서, 마법사로서 살면서 단 한 번도 하지 않은 생각을 네가 주었다고."

"……."

"그러니까, 그런 이상한 소리 하지 말고 나랑 결혼해. 책임지라고. 나랑 결혼해서 나랑 살아 줘. 응? 그렇게 해 줘, 운정."

"……."

"아니야, 그렇게 안 해도 돼. 그냥, 그냥 내 옆에만 있어 줘. 죽지 말아 줘, 운정. 죽지 마."

운정은 그 감정을 누구보다도 잘 알았다.

그가 과거 떠난 카이랄에게 그가 느꼈던 동일한 감정일 것이다.

그는 천천히 손을 들었다.

그리고 스페라를 확 끌어안았다.

운정은 그녀의 귓가에 입술을 가져갔다.

그리고 속삭이듯 말했다.

"운정이란 존재는 본래 없는 것입니다, 스페라. 놔주세요. 놔주셔야 합니다."

스페라의 눈에 눈물이 가득 고여 흘러내리기 시작했다.

그녀는 절대로 놔주지 않겠다는 듯 그를 더욱 세게 끌어안았다.

"싫어, 안 돼. 절대 안 돼. 죽지 마. 절대로. 죽지 말아 줘. 넌 살아 줘. 리인카네이션이라며? 부활이라며? 그럼 된 거잖아? 응? 언데드가 아니라 부활한 거니까, 그냥 이대로 살아……."

스페라의 말끝이 점차 흐려졌다.

그리고 미동조차 하지 않았다.

"스페라?"

운정이 묻자, 갑자기 스페라가 품에서 벗어났다. 그러곤 운정의 얼굴을 정면으로 똑바로 바라보더니 말했다.

"있었어!"

"예?"

"있었어! 있었어!"

"……."

"리인카네이션 주문 말이야! 왕가의 서재에 있었다고! 그, 그러니까. 주문 자체가 있었던 건 아닌데… 아무튼!"

"그, 그게 무슨?"

스페라는 양손으로 얼굴을 훔치더니 그 자리에서 벌떡 일어났다.

그러곤 말했다.

"일단 가자. 가서 같이 보자. 그러면 알 거야."

그녀는 그렇게 말한 뒤 짧게 공간이동 마법을 시전했다.

그들은 곧 NSMC에 나타났다.

스페라는 운정의 손을 꽉 붙잡았다.

"잠깐이면 돼. 잠깐. 잠깐만 더 의지를 내 줘. 응?"

운정은 가만히 그녀를 보다가 곧 말없이 고개를 끄덕였다.

그녀는 운정을 데리고 왕가의 서재로 갔다. 그녀가 가까이 가자 굳게 닫혀서 절대로 열리지 않던 입구가 손쉽게 길을 터 주었다.

왕가의 서재 안에는 전과 마찬가지로 수십 수백만 권의 책들이 있었다. 한 가지 다른 점은 이곳저곳에 아무렇게나 널브러져 있는 것이 반 이상이었다는 점이다. 그래선지 책으로만 이루어진 작은 강과 작은 동산들이 여기저기서 심심치 않게 보였다.

그녀는 한숨을 한번 내쉬더니, 그 동산 중 하나에 들어갔다. 지팡이를 휘적거리며 수많은 책을 양옆으로 날려 버린 그녀는 결국 자신이 원하는 책 하나를 찾을 수 있었다.

그것은 매우 얇고 또 작았다.

그녀가 그것을 가지고 운정에게로 왔다.

"이거야. 내용에 마법은 없어서 난 한 번 훑고 말았는데, 이게 실마리가 될 거 같아."

"무슨 실마리 말입니까?"

"뭐긴 뭐야, 네가 사는 실마리지."

스페라는 그것을 운정에게 확 내밀었다.

그 책의 제목은 고대어로 쓰여 있었다.

운정은 임모라의 기억을 토대로 이를 읽을 수 있었다.

"리인카네이션 주문 실험."

그는 책장을 열었다.

*　　　　*　　　　*

이 세상에 가장 이질적인 생명이 무엇인가?

심화된 환경 속에서 살아가는 엘프(Elf)일까?

어느 환경에서도 적응하는 인간(Human)일까?

아니면, 환경과 동떨어진 삶을 사는 드래곤(Dragon)일까?

아니다.

가장 이질적인 생명은 바로 몬스터(Monster)다.

그들은 자신들을 상징하는 달이 뜨는 밤에 이 땅 가운데 출현한다.

그리고 해가 뜨면 사라져 버린다.

인간도 엘프도 드래곤도 그 실존이 불투명하진 않다.

하지만 몬스터만큼은 마치 현실의 경계에 걸쳐 있는 것 같다.

왜 그들은 달이 뜨는 날에만 출현할까?

왜 그들은 해가 뜨면 사라지고 마는 것일까?

나, Gausewike는 이 물음들을 수백 년을 연구했다.

그러나 이 물음에 답할 수 없었다.

하지만 그 원리를 이해하고 이용할 수 있게 되었다.

마법이란 의지를 모아 대가를 지불하여 임의의 사건을 일으키는 것.

그러니 신이 되는 방법 또한 같을 것이다.

신이 되고자 하는 의지를 모아 신이 되기 위한 대가를 지불하여, 신이 되는 사건을 일으키면 되는 것 아닌가?

신이란 자신의 피조물이 있어야 하는 법.

하늘 위에 떠 있는 몬스터들의 달은 그들의 신이다.

그리고 몬스터들은 그 신의 피조물인 것이다.

그러니 필멸이 불멸하기 위해선 불멸한 것에 기대야 한다.

그리고 이 세상 만물 중 천체만큼 불멸한 것이 어디 있겠는가?

나, Gausewike는 신으로 다시 태어날 것이다.

천체가 될 것이다.

하늘 위에 빛나는 별이 되어 영원히 존재할 것임을 의지했다.

이제 필요한 것은 이를 위한 대가이다.

작은 불길을 만드는 것에도 마나가 필요하다.

그러니 한 생명이 신이 되기 위한 대가로 필요한 것은 얼마나 많을까?

마나를 먹고 마나를 마시는 존재가 되어야 한다.

이 세상을 만든 신에 항거하여, 그렇게 스스로가 신이 되어야 한다.

그러니, 이것이야말로 악마(Devil)가 아니겠는가?

"어때? 마법도 없고 그냥 미친 소리 같아서 난 읽다 말았는데, 뭔가 실마리가 잡혀?"

운정은 첫 장을 넘기면서 말했다.

"독자를 고려하지 않은 문맥을 보면, 자기 자신을 위해 기록한 것으로 보입니다. 때문에 이해하는 데 어려움이 있군요. 잠시 집중할 수 있는 시간을 주실 수 있을까요?"

스페라는 운정의 얼굴을 살짝 엿보았다. 방금 전까지만 해도 허무함에 삼켜졌던 두 눈에 미약한 불빛이 있었다.

그녀는 조용히 기다리기로 했다.

운정은 다음 장을 읽었다.

새로 만든 모든 마법은 실험을 해야 한다.

아주 간단한 마법조차 그러할진대, 신을 만드는 마법은 더더욱 그렇다.

때문에 나, Gausewike는 실험을 계획했다.

의지를 의지할 수 있는 마법사들에게 이 주문을 주고 그들이 어찌 변하는지를 관찰했다.

실험 결과는 성공적이었다.

그들은 모두 데빌이 되었고 별이 되기를 꿈꿨다.

그를 위해 주변의 마법과 마나 모두를 먹어 치우며, 대가를 벌었다.

하지만 턱도 없다.

너무나 부족하다.

데빌이 별이 되기 위해서 필요한 마나는 세상의 마나를 섭취한다고 해서 이룰 수 있는 게 아니다.

이 세상 그 자체를 섭취해야 한다.

하지만 수십 년간의 실험으로 인해서 이미 많은 데빌이 탄생했다.

마나를 좀먹는 그들은 마법사들의 천적.

마법사들 사이에선 그들을 죽이는 법까지도 연구되어 주문을 만들었다.

디어사이드 주문은 내가 보아도 참으로 창의적이다.

게다가 이미 파인랜드의 마나가 고갈되기 시작했다.

이대로라면 정작 내가 사용해야 하는 마나가 없다.

하지만 괜찮다.

그 문제에 관한 해결책은 이미 찾아 두었으니까.

운정은 이후에도 천천히 그 글을 읽어 나갔다.

책 자체가 매우 얇았기에 모두 읽는 데 그리 오랜 시간이 걸리지 않았다.

스페라는 초조한 눈길로 운정을 보았다. 그가 한 페이지를 넘길 때마다 침을 삼켰고, 그가 인상을 한 번 쓸 때마다 손을 모았다.

운정이 마지막까지 읽자 스페라가 그에게 말했다.

"어때?"

운정은 깊게 숨을 내쉬며 말했다.

"리인카네이션 주문은 고대의 현자가 신이 되기 위해서 만든 마법이로군요."

스페라가 고개를 끄덕였다.

"그러니까, 내가 그걸 읽다 말아서 무의식중에 알았나 봐. 왜, 전에 말했잖아, 현자는 혹시 신이 되려고 한 게 아닌가 하고 말이야."

운정은 눈을 감고 나지막하게 말했다.

"미내로는 이를 이용하여 임모라를 되살리려 했습니다. 데빌이 되기 전 단계, 그러니까 애벌레의 상태로 머무르게 두는 것이지요. 운정이라는 번데기 속에서. 인간이라는 껍데기에 데빌의 씨앗이 되는 영혼을 불어넣는 것은 욘부터 막크까지 모두 알고 있었지만, 이 책에 언급은 없는 것을 보니 그건 미내로가 발전시킨 부분인 것 같습니다."

"……."

운정의 눈이 떠졌다.

두 눈동자가 또렷했다.

"최근에 태학공자가 데빌을 되돌리는 역소환 주문을 만들었습니다. 물론 데빌이 되는 과정에서 소모된 의지와 대가, 다

시 말하면 영혼과 마나 중 하나를 포기해야 하지요. 하지만
가능은 합니다."

"······."

"그렇다면 운정으로서의 의지가 사라지기 전에, 이를 받아
들여야 합니다. 그러면 희망이 있습니다."

스페라가 기쁨이 담긴 목소리로 물었다.

"정말이야? 진짜지? 이대로 죽는 거 아니지?"

운정은 고개를 끄덕이더니 말했다.

"하지만 그를 위해선 한 가지 더 알아야 할 것이 있습니다."

"뭔데?"

"전에 왜 더 세븐(The Seven)에 대한 책도 읽으셨다고 하지
않았습니까? 혹시 제가 그것을 볼 수 있을는지요."

스페라는 고개를 갸웃하다가 곧 지팡이를 살짝 흔들었다.
그러자 한 책 더미에서 책 한 권이 둥실둥실 부유하여 그녀의
손에 잡혔다.

"여기."

그녀가 내민 책 이름은 '더 세븐'이었다. 이는 '리인카네이션
주문 실험'보다 더욱 오래된 책인 듯싶었다.

운정은 그것을 받아 들고 천천히 글자 하나하나 모두 읽어
내려가기 시작했다.

그 내용은 전에 스페라가 대략적으로 이야기했던 것이다.

더 세븐은 모든 마법의 근본이며, 그것은 이 세상의 모든 절대 법칙의 반례로써 존재한다는 것이다. 당연하지만, 스페라가 말한 정보보다 훨씬 더 상세한 내용을 담고 있었다.

탁.

오랜 시간 동안 글자 하나하나 모두 읽은 운정이 말했다.

"확실히 가능하겠군요. 하지만 시간이 없습니다."

"왜?"

그는 스페라를 바라보며 나지막하게 중얼거렸다.

"임모라의 기억은 8년밖에 되지 않기에, 어느 정도 억제할 수 있습니다. 하지만 기억의 질에 있어서는 비교도 할 수 없을 만큼 진합니다. 그 8년 동안, 수없이 많은 일들을 다스리고 결정했지요. 그러나 제 기억은 부모님 아래에서, 스승님 아래에서 편히 보냈던 시간을 제외하면, 겨우 100일 남짓합니다. 임모라의 기억을 모두 되찾은 지금, 언제라도 운정으로서의 정체성을 잃어버릴 수 있습니다."

"……"

"그러니 제 정체성을 지키기 위해선 꼭 해야 할 일이 있습니다. 그것을 해결해야지만 전 임모라도 데빌도 아닌, 운정이라는 인간으로 남을 겁니다."

"……"

"그 이후에 같이 가족을 꾸리지요, 스페라. 함께 삽시다."

스페라는 눈물을 감추며 겨우 웃어 보였다.

　　　　　*　　　　　　*　　　　　　*

　운정이 왕가의 서재 밖으로 나가자, 알비온이 기다리고 있었다.

　그가 말했다.

　"타이지 백작님, 롬에서 렉크 백작과 미에느 공주께서 당신을 뵙기를 청합니다."

　그 말에 운정은 상황을 파악할 수 있었다.

　"서로의 의견이 갈리는 부분이 많나 보군요."

　"일단은 롬 내 안정과 치안을 잡는 부분에선 서로 동의하고 있습니다만, 이후 다른 제국령에 대해서 어떻게 할 것인가에 대해선 큰 이견이 있는 듯합니다."

　운정이 고개를 끄덕였다.

　"무슨 뜻인지 알겠습니다. 그러나 그건 제가 상관할 문제가 아닌 듯하군요."

　"예?"

　"상호가 존중하여 결과를 도출해야만 서로의 힘의 균형이 만들어질 것입니다. 제가 개입하여 한쪽이 유리해지는 것은 원치 않습니다."

"……."

알비온은 운정이 당연히 델라이를 위해 힘써 주리라 생각했다. 때문에 꿀 먹은 벙어리처럼 아무 말도 할 수 없었다.

운정은 이에 다시 입을 열었다.

"제겐 아직 해결해야 할 일이 있습니다. 때문에, 잠시 파인랜드에서 자리를 비워야 할 것 같습니다."

알비온이 놀라 물었다.

"서, 설마 중원으로 가십니까?"

"신무당파가 언제까지고 제게 의지할 수는 없습니다. 스스로의 자생력을 길러야 하지요. 앞으로 델라이에서 신무당파의 힘이 필요한 일이 있다면 제가 아니라 시아스에게 정식으로 연락해 주시길 바랍니다."

"……."

알비온이 무슨 말을 해야 좋을지 몰라 고민하고 있을 때, 운정이 맑게 웃으며 물었다.

"혹 지금 여왕님을 뵐 수 있겠습니까? 부탁이 있어서 말입니다."

"지금요? 아, 아직 집무실에 계신 것으로 알고 있습니다만."

운정은 포권을 취해 보인 뒤에, 경공을 펼쳤다.

알비온은 바람이 살짝 지나가는 것을 느꼈을 뿐, 운정이 어떻게 사라졌는지는 전혀 알 수 없었다.

왕의 집무실에 도착한 운정은 기별을 했고, 애들레이드 왕비는 자리에서 일어나 그를 맞이했다.

"타이지 백작! 안녕하십니까? 이번에 롬에서의 일은 보고받으면서도 도저히 믿을 수가 없더군요. 드래곤과 함께 유성을 막았다니요!"

그녀는 정말로 기쁜 듯 보였다.

하지만 운정은 평온한 얼굴로 그녀에게 말했다.

"죄송하지만 전 지금 롬에 갈 수 없습니다. 제가 찾아온 것은 여왕님께 다른 부탁이 있어서입니다."

단도직입적인 어투에 애들레이드는 심상치 않음을 느꼈다.

"제게 부탁요? 무엇입니까? 뭐든 들어드리겠습니다."

운정은 담담하게 말했다.

"눌 크라운을 잠시 제게 허락해 주실 수 있겠습니까? 왕관을 주실 필요는 없고, 그 왕관 중앙에 박혀 있는 보석만 주시면 됩니다. 중원에 가져가 빠르게 사용하고 도로 되돌려 드리겠습니다."

"……."

너무나 갑작스럽고 엉뚱한 부탁에 애들레이드는 할 말을 찾지 못했다.

왕관 보석을 달라니?

운정은 포권을 취했다.

"부탁드립니다, 여왕님."

애들레이드는 당황했지만 최대한 침착하게 물었다.

"위험한 일입니까?"

"그렇지는 않을 겁니다."

그녀는 궁금증이 가득한 두 눈으로 운정을 빤히 바라보았다.

하지만 더 묻지 않고 왕관을 벗어 그에게 내주었다.

"그 보석을 다시 가지고 오시지 않으셔도 됩니다. 다만 타이지 백작께서 무사히 귀환하셨으면 합니다."

운정은 내력을 이용하여 그 왕관에서 보석을 뺐다. 그러곤 그것을 품에 넣고 애들레이드에게 다시 왕관을 건네며 말했다.

"감사합니다, 여왕님. 이번에 중원에서 돌아올 때, 델라이의 마나스톤을 가지고 돌아오도록 하겠습니다. 그럼."

그는 포권을 취하고는 애들레이드의 인사를 보지도 않고 집무실에서 나와 중앙 정원으로 향했다. 이후 그는 숲의 축복을 온몸으로 받으며 한 발자국을 앞으로 내딛자 카이랄에 도착했다.

그가 나지막하게 중얼거렸다.

"애들레이드에게서 받은 눌 크라운. 스페라에게서 받은 도플갱어. 머혼에게서 받은 레저렉션 펜던트. 모든 것을 꿰뚫어 보는 오딘 아이. 롬에서 완전히 파악한 더 서클. 그리고 네 엘리멘탈을 모두 다스리는 엘리멘탈 킹. 마지막으로… 고바넨이 가지고 있는 문 핑거즈."

그의 눈빛이 강렬하게 빛났다.

그때 한쪽에서 알테시스가 나타났다.

그는 매우 놀란 눈으로 운정을 바라보았다.

"마, 마스터? 여기 계셨습니까?"

운정은 고개를 끄덕이더니 말했다.

"지금 난 중원으로 가고자 한다. 혹 신무당파에 둔 나리튬 클록들을 지금 가져올 수 있겠느냐?"

"무, 물론이지요. 그런데 지금 가신다고요? 바로요?"

운정은 고개를 끄덕였다.

"부탁한다."

알테시스는 말없이 그를 물끄러미 바라보다가 이내, 주문을 외웠다.

그가 사라지고 조금 뒤 다시 나타났을 때는 나리튬 클록을 담은 상자와 시아스가 같이 왔다.

시아스가 따지듯 말했다.

"어제도 그렇고 오늘도 그렇고, 큰일을 하셨으면 쉬셔야지

또 바빠 무슨 일이세요?"

운정이 말했다.

"중원의 일이 바쁘구나. 이번이 마지막이 될 것이다."

"항상 마지막이라면서……."

"……."

"령령이도 오겠다는 걸 겨우 말렸어요. 많은 걸 바라진 않을게요. 멀리 가실 땐 인사라도 해 주세요."

운정은 미안한 듯 웃어 보였다.

"알겠다, 시아스. 일이 시급해서 신경 쓰지 못했구나."

시아스는 뚱한 표정을 짓더니 곧 말했다.

"그럼 잘 다녀오세요."

운정은 나리튬 클록을 담은 상자를 바람으로 띄워 그의 등 뒤에 두었다.

그러곤 시아스에게 말했다.

"내가 중원에서 돌아오면, 파인랜드에 존재하는 모든 어둠의 학파를 평정할 것이다. 스페라에게 마스터 막크가 있다. 그에게 얻는 정보들에 대한 진위는 알테시스가 확인하고 시아스는 이에 맞춰 제자들에게 나리튬 클록 사용법을 완전히 숙지시켰으면 한다. 알겠느냐?"

갑작스러운 명령조에 시아스와 알테시스는 얼떨결에 고개를 끄덕였다.

"예에, 마스터."

"네, 마스터."

운정은 살짝 웃어 보이곤 한발을 내디뎠다.

그러자 나리튬 클록 상자와 함께 운정의 모습이 그들 앞에서 완전히 사라졌다.

알테시스와 시아스는 멍한 표정으로 서로를 돌아보았다.

第一百十三章

천마신교 낙양본부 대전.

모든 장로들이 썰물처럼 빠져나갔다.

혈적현은 절대지존좌에 앉아 한쪽 손에 머리를 기댄 채로 가만히 있었고, 장로들이 모두 대전을 비우고 나서야 툭 하니 말했다.

"며칠 새에 일이 이렇게 되다니. 이대로 가면 정면 돌파는 꿈도 못 꾸겠어. 죽은 자들이 고스란히 저들의 병력이 되어 버리니."

중원의 상황은 나지오가 서찰을 보낸 시기보다 훨씬 심각해졌다.

말 그대로 아비규환.

곤륜산은 비록 대자연의 기운의 시발점인 오악(五嶽)에는 미치지 못하나, 세속과 멀리 떨어져 있어 그 정기가 비교적 진했고 또 순수했다.

네크로멘시 학파는 이를 마음껏 사용하여 죽은 무림인들을 강시로 만들었다. 초절정 고수들을 자신들의 패밀리어로 삼고, 절정고수들 수십 명을 부리면서 그 세를 급격히 불려 나갔다.

청해성에서부터 시작한 네크로멘시 학파의 강시 군단은 사천과 감숙 그리고 운남 절반까지 차지할 정도로 강력했다.

그러나 어느 순간, 모두 한곳으로 모여들었는데, 다름 아닌 섬서성에 위치한 화산(華山)이었다.

화산은 중원 오악 중 하나로, 중원의 풍부한 대자연의 기운이 시발점이 되는 산이다. 네크로멘시 학파는 곤륜산의 정기에 이어서 화산의 정기까지도 이용하기 위해, 그곳에 모든 인원을 집중한 것이다.

혈적현은 나지오에게 그 사정을 듣고는 천마신교 낙양본부의 모든 고수들을 빠르게 파견했다. 하지만 연달아 들려오는 소식에 의하면 이미 화산은 포위되었고, 나지오를 포함한 화산의 고수들은 조양봉(朝陽峰) 화경전(花梗殿)에 머무르며 최후의 결사 항전을 하고 있다고 했다.

지원군이 도착할 때까지 그들이 버텨 줄지도 미지수였으며, 도착한다 할지라도 네크로멘시 학파의 마법사들을 막아 낼 수 있을지는 또 다른 문제였다.

혈적현은 눈을 감아 버렸다.

생각하면 생각할수록 답이 보이지 않았기 때문이다.

그런데 그때, 악존이 모습을 드러내더니 그에게 빠르게 말했다.

"소식입니다. 심검마선께서 돌아오셨답니다."

혈적현의 눈이 번쩍 떠졌다.

"뭐? 정말인가?"

그 순간 대전의 문이 활짝 열리더니, 흑백 장삼을 입은 피월려가 천천히 걸어왔다.

"삼 일간 잘 있었나?"

혈적현의 마음에 더할 나위 없는 기쁨이 가득 차올랐다.

"피월려!"

피월려는 고개를 끄덕이더니 말했다.

"걱정이 많아 보이는군."

혈적현은 그를 지그시 바라보다가 피월려에게 고개를 돌렸다.

"그러는 너는 얼굴이 폈구나. 갔던 일은 잘되었냐?"

피월려는 피식 웃더니 말했다.

"하북팽가의 팽지찬 가주가 생각보다 포부가 큰 사람이더
군. 청룡궁이 북부 지역을 장악한 것이 원래부터 마음에 안
들었나 보지? 생각보다 술술 이야기가 됐다. 때문에 북부의
백도인들은 더 이상 청룡궁의 명령에 따르지 않고 있어. 청룡
궁은 문을 걸어 잠근 채 나오지 못하고 있지."

"흐음."

"그리고 내가 선물을 가져온다고 했었지? 자! 들어오시오."

피월려가 고개를 돌려 말하자, 한 인물이 잔뜩 경계선 눈초
리로 대전 안에 들어왔다.

박소을이었다.

그는 모든 것이 낯선 듯 한참을 주변을 둘러보며 선뜻 말을
꺼내지 않았다. 그러다가 곧 혈적현과 눈이 마주쳤다.

"당신은… 그때 보았던 사람이구려."

혈적현은 고개를 끄덕였다.

"그렇소. 나에게 기계 공학을 가르쳐 주었던 것이 아직도
기억나지 않소?"

박소을은 고개를 저었다.

"아무 기억도 없소."

피월려가 말했다.

"한어를 잘하는 것을 보면 지식은 남아 있는 듯해. 하지만

박소을이란 인격으로서의 기억이 없는 것이겠지."

혈적현은 잠시 그를 바라보다가 물었다.

"왜 청룡궁으로 다시 가려고 한 것이오?"

박소을이 대답했다.

"그들이 날 고향으로 데려다 주겠다고 했소."

뭔가 더 이야기할 줄 알았지만 박소을은 딱 그 말만 하고 입을 다물었다.

혈적현은 어이없다는 듯 되물었다.

"설마 그뿐이오? 그 말 한마디에 그들을 따라간 것이오?"

"……."

박소을은 아무 대답도 하지 않고 혈적현의 눈치만 보았다.

이에 답답함을 느낀 혈적현이 말했다.

"청룡궁은 당신을 죽음에 가까운 지경에 몰아넣고 고문까지 하며 당신에게서 지식을 빼앗았었소. 그조차 기억하지 못한다는 것이오?"

"……."

박소을은 여전히 말이 없었다.

피월려가 말했다.

"오는 길에 이런저런 질문을 해 보았다. 내 결론은 그는 정말로 박소을으로서의 기억이 전혀 없다는 거야."

혈적현은 피월려의 심계가 얼마나 깊은지 잘 알았다. 피월려가 그렇게 확신했다면 그런 것이다.

혈적현은 혀를 내두르며 말했다.

"정말 간단하기 그지없군. 도대체 고향에 데려다 준다는 그 말 한마디에 다시 사지로 걸어 들어가다니."

박소을이 미간을 살짝 모았다.

"난 그 뜻을 당신에게도 말하지 않았소? 그걸 무시한 건 당신이오."

혈적현은 고개를 절레절레 흔들었다.

"나도 과거에 당신과 약속했었소. 당신을 고향으로 보내 드리겠다고."

"다시 말하지만, 난 기억나지 않소. 그저 청룡궁의 사자가 날 더 잘 알고 있었고, 또 내가 바라는 것을 정확하게 이해하고 있었기에, 그들을 따라간 것이오."

"그야 그들이 당신을 붙잡아다가 일여 년 동안 고문했기 때문이오. 당연히 당신에 대해서 더 잘 알겠지!"

"……."

박소을은 몸을 움츠리며 입을 닫았다. 그는 과거에는 상상조차 못 할 성격으로 완전히 변했다.

아니다. 본래 성격으로 돌아간 것이다.

피월려가 한 발짝 앞으로 나오며 혈적현에게 말했다.

"잠시 감정을 내려놓아라. 어쨌든 박 박사가 다시 천마신교로 돌아오지 않았냐? 그를 설득하느라 참으로 힘들었는데, 네가 이렇게 단숨에 물거품으로 만들 것이냐?"

"……."

피월려는 고개를 돌려서 박소을을 보았다.

"당신이 도착한 곳은 이 중원이 아니라 파인랜드라는 곳이오. 당신이 타고 온 그 기계를 다시 되찾기 위해선 파인랜드로 가야 하오. 마법사들과 교류를 끊어 버린 청룡궁에선 절대로 당신을 그곳에 데려다 줄 수 없지. 그 도움은 우리 천마신교가 줄 수 있소. 그러니까 날 믿으시오."

박소을은 여전히 의심이 가득한 표정이었지만, 이내 나지막하게 말했다.

"알고 있소. 나도 그거 하나만 믿고 온 것이오. 약속한 대로 내 기계를 먼저 보여 주시오. 그러면 당신이 원하는 것이 무엇이든 알려 드리겠소."

피월려는 고개를 끄덕여 보인 뒤 혈적현을 돌아보았다.

혈적현이 먼저 말했다.

"운정 도사를 통해서 찾아보려는 것이로군."

"그렇다. 박소을이 우리를 전적으로 도와준다면, 기계 공학 또한 더욱더 발전시킬 수 있겠지."

혈적현은 피식 웃었다.

"그래서 선물이라는 것이로구나."

피월려는 박소을에게 말했다.

"잠시 천마신교 내부에서 편하게 지내시오. 파인랜드의 사람과 연락이 닿으면 바로 알려 주겠소."

박소을은 눈치를 보다가 짧게 인사하더니 곧 대전 밖으로 나갔다. 그러자 시비가 그를 다른 곳으로 안내했다.

혈적현은 절대지존좌에서 일어나며 말했다.

"박소을을 빼돌린 건 순수하게 나한테 선물로 주려고만 한 건 아닌 것 같은데?"

피월려가 그에게 걸어오며 말했다.

"청룡궁의 힘이 더 강해지면 북부의 백도인들만으로는 막을 수 없어. 청룡궁의 힘을 억제하기 위함도 있지."

그들은 대전 뒤쪽으로 나 있는 문으로 나갔다. 그러자 과거 낙양지부 내에 있었던 복도가 나왔다.

그 익숙한 복도를 걸으며 혈적현이 말했다.

"그럼 청룡궁의 도움을 받는 건, 잘 안된 건가? 그 광범위한 진보의 효과를 빌릴 수만 있다면, 화산에서의 싸움에서도 큰 도움이 될 텐데."

피월려는 빙그레 웃었다.

"이제 다시 가 볼 예정이야. 박소을도 없고, 백도인들도 등을 돌렸으니, 충분한 압박이 되겠지. 아무것도 못 하는 무력감에 젖어 있을 때, 협상하면 더 효과가 큰 법이니까."

"오호? 역시."

"화산 쪽 일은 어떻게 됐어?"

그 질문을 듣자 혈적현의 얼굴이 어두워졌다.

그는 교무 회의 때 거론된 정보들을 피월려에게 상세히 알려 주었다.

서쪽의 무림이 거의 무너지다시피 하고, 또 화산파가 최후의 보루가 된 상황을.

네크로멘시 학파가 화산을 차지할 경우, 더는 그들의 힘을 걷잡을 수 없음을.

이 모든 상황을 들은 피월려가 깊게 고민하는 와중, 갑자기 우두커니 섰다.

혈적현은 영문을 모르다가 그 또한 앞쪽에서 느껴지는 기척에 걸음을 멈추고 앞을 보았다.

그곳에서 운정이 걸어오고 있었다.

그는 복도를 이리저리 살피면서 말했다.

"두 분이 이쪽에 계신 것 같아서 한번 들어와 봤는데… 이 공간은 참으로 이상하군요."

이에 악존을 포함한 호법원 다섯이 단숨에 모습을 드러내고 혈적현의 주변에 섰다. 그리고 살기가 담긴 눈빛으로 운정을 노려보았다.

피월려 또한 반쯤 감긴 눈으로 운정을 쳐다보았다.

"태극마선? 언제 중원에 왔소?"

운정은 눈길을 돌려 피월려를 보더니 살짝 웃었다.

"방금 왔습니다. 그런데… 호법원의 기세를 보니 제가 들어와선 안 되는 곳에 들어왔군요. 전에 한 번 들어와 봐서 괜찮을 줄 알았지 뭡니까, 하하."

조금도 적의가 느껴지지 않은 표정.

혈적현은 투기를 거뒀다.

그는 손을 옆으로 뻗었고, 호법원들은 금세 모습을 감추었다.

그가 운정에게 말했다.

"등 뒤에 있는 건 무엇인가? 관치고는 작아 보이는데? 상자인가?"

운정이 오른손을 살짝 휘두르자 상자가 둥실둥실 뜬 채로 혈적현 앞까지 날아와서 살포시 안착했다.

"전에 말씀드렸던 나리튬 클록입니다. 이를 입고 내력을 주입하면, 마법에 면역이 됩니다."

혈적현이 상자를 열었다. 그러자 금빛으로 빛나는 외투 수십 벌이 보였다.

피월려가 운정에게 물었다.

"시험해 봐도 되겠소?"

운정은 고개를 끄덕였다.

"얼마든지요."

피월려는 그중 하나를 입었다. 그러곤 그 안으로 내력을 불어넣었는데, 내력을 불어넣으면 불어넣을수록 그 주변 기운의 흐름이 완전히 멈추는 것을 느낄 수 있었다.

그가 조금 놀란 목소리로 말했다.

"이 정도일 줄은 몰랐군. 이런 보물이 이렇게 많다니 놀라울 따름이오."

"제게 과분한 인연이 따랐습니다."

혈적현은 고개를 연신 끄덕이며 말했다.

"이 정도라면 흑룡대 전원이 입을 수도 있겠어."

피월려는 턱을 괴었다.

잠시 고민한 그는 운정에게 말했다.

"운정 도사, 이 복도에 마음껏 들어온 것을 보니, 마법에도 일가견이 있는 듯하오. 지금 중원은 강령학파로 인해서 중대한 위험이 처해 있소. 혹 천마신교의 일을 더 도와줄 수 있겠소?"

엄밀히 말하면 운정은 이미 천마신교 외총부 소속이다.

하지만 피월려는 운정의 마음을 잘 알았기에 그렇게 말한 것이다.

운정은 미소를 지었다.

"신무당파의 개파조사로서 마땅히 도와드려야 하지요."

피월려는 혈적현을 돌아봤다.

"나 홀로 청룡궁에 찾아가는 것보다는 그와 함께 행동하는 것이 좋을 것 같다. 어떠냐?"

혈적현은 그 둘을 번갈아 보다가 말했다.

"혈교는? 흑설도 네가 혈교에서 모습을 보여 주기를 바라고 있어. 자칫 잘못하면, 두 파로 갈라서서 또다시 동족상잔이 일어날 것이다."

피월려는 나지막하게 말했다.

"천살성은 본래 사회를 이룰 수 없는 자들이야. 그들에게 있어 동족상잔은 삶이지. 내가 나타나서 하나가 된다 한들 잠시일 뿐이다. 그건 흑설이 해내야 해. 그녀의 꿈은 그녀 스스로가 절대적인 힘으로 그들 위에 군림해야 가능한 거야. 그리고 만약 도와준다 해도 강령학파의 일이 먼저야."

혈적현은 어깨를 들썩였다.

"네 뜻이 그러하다면… 그렇게 해라."

피월려는 운정을 돌아봤다.

"공간이동은 가능하시오?"

운정이 말했다.

"청룡궁까지 거리는 너무 멉니다. 공간 마법진의 도움이 있어야 할 듯한데… 혹 태학공자가 공간 마법진을 다 만들었습니까?"

혈적현이 대답했다.

"마지막 고비를 앞두고 있는 것 같던데. 혹 그 부분도 태극마선이 도와줄 수 있을지 모르겠군."

운정은 고개를 끄덕였다.

"흐음, 그렇다면 그에게 찾아가야겠군요. 저 또한 그에게 부탁해야 할 일이 있습니다. 제 목숨이 걸린 일입니다."

그 말을 듣자 피월려와 혈적현의 얼굴에 의문이 떠올랐다.

*   *   *

천마신교 낙양본부 공간 마법진.

NSMC만큼이나 거대한 건축물로 건물 하나를 통째로 잡아먹었다.

그 모든 것을 설계하고 제작한 제갈극은 마지막으로 풀리지 않는 부분이 하나 있어, 완성하지 못하고 있었다.

"삼 일, 아니, 하루면 된다. 만 하루 동안 본좌가 해답을 찾으려고 노력하면 마법진을 완성할 수 있는 최소 오차 범위 내의 근사해를 찾을 수 있을 것이니라. 그러나 그건 어디까지나 근사해다. 정밀해는 아니지. 파인랜드에서 준 정보로는 절대로 정밀해를 얻을 수 없느니라. 일부러 속였다고 하기엔 근사해를 얻으려는 연구 자료가 너무 많아. 정밀해를 얻는 방법이 있었다면, 그렇게까지 연구 자료가 많이 있진 않았겠지."

그는 고개를 들어 공간 마법진을 보았다. 지금껏 수백 번을 보았지만 볼 때마다 새롭다.

황금 도형들이 가만히 그 자리에서 빛나고 있었다. 그가 마지막 주문을 넣는 순간 그 모든 것이 설계대로 움직이고 돌아가면서 하나의 마법진으로 작동할 것이다.

제갈극은 고민에 고민을 거듭했다. 근데 갑자기 사고 속도가 현저히 느려지는 것을 느꼈다.

그가 고개를 홱 돌려 입구를 바라보았다.

그곳에는 모호와 아이시리스가 바닥에 앉아 있었다. 아이시리스의 열 손가락에는 복잡한 형태로 된 실이 걸려 있었다. 모호는 눈살을 찌푸린 채로 그것을 내려다보고 있었는데, 어떻게 풀어 내야 할지 고민하는 듯했다.

제갈극은 두 눈을 반쯤 감고는 말했다.

"모호, 그런 쓸모없는 짓에 내 심력을 끌어다 쓰지 마라!"

그 말에 모호가 살짝 실망하는 표정을 지었다. 하지만 패밀리어가 명령에 따르지 않을 수는 없는 법. 그녀는 애써 실뜨기에서 눈길을 돌렸다.

그러자 아이시리스가 빽 소리쳤다.

"뭐예요! 왜 노는 데 방해해요!"

제갈극의 눈썹이 꿈틀거렸다.

"지금 본좌가 이 공간 마법진에 대해서 연구하는 게 안 보이느냐?"

아이시리스는 지지 않고 말했다.

"무슨 연구예요. 그냥 똥고집이지. 하루면 되는 걸 붙잡고 며칠째 고민하고 있는 거예요?"

"뭐, 뭐?"

"그냥 근삿값으로 하시라니까요? 절대해를 얻는 방정식은 아무도 몰라요. 앞으로 백 년이 지나도 모를 거예요. 그러니까 괜히 고집 피우지 말고 근삿값 구해서 넣으세요. 그래도 충분히 쓸 만하니까."

"……"

"그리고 근삿값 찾는 데는 심력이 다 필요하지도 않잖아요. 그렇죠? 그러니까, 모호랑 계속 놀 거예요."

제갈극은 이를 살짝 갈았지만, 딱히 할 말은 없었다. 그녀가 한 말 중 틀린 것이 없었기 때문이다.

아이시리스는 두 손을 모호 앞으로 가져가며 말했다.

"자, 얼른 해, 모호."

모호는 제갈극의 눈치를 보았고, 제갈극은 빤히 그녀를 보다가 곧 툭 하니 말했다.

"그녀 뜻대로 해라."

모호는 살짝 웃고는 다시금 아이시리스가 보여 준 실뜨기를 내려다보며 연구하기 시작했다. 심력이 빠져나가는 것을 느낀 제갈극은 고개를 도리도리 흔들더니, 건물 밖으로 나가 버렸다.

그는 태양 빛 아래 섰다.

본래라면 한 줌의 재로 변해야 하건만 기이하게도 아무 일도 일어나지 않았다.

그런데 문득 한쪽에서 운정과 피월려 그리고 혈적현이 걸어 오는 것을 보았다.

제갈극이 그들을 향해서 말했다.

"혈마단에 대해서 말하려고 온 거라면 헛걸음했다. 공간 마 법진은 앞으로 하루는 더 있어야 완성할 수 있으니라. 그 이 후엔 소모된 심력을 회복해야 하니, 며칠은 더 쉬어야 한다. 그 이후에나 말할 수 있을 것이다."

혈적현이 고개를 저었다.

"혈마단에 대해서 말하려고 온 것이 아니다. 우리가 온 건 공간 마법진을 사용하기 위해서야."

"만 하루다. 그 뒤에 찾아오너라."

딱 잘라 말한 제갈극이 그들에게서 시선을 거뒀다.

운정은 건물을 위아래로 훑어보며 담담하게 말했다.

"혹 닫힌 구체 공간의 경계에 속한 시공간 흐름의 지배 방정 식의 해는 구하셨습니까?"

그 말에 제갈극이 일순간 멈춘 듯했다.

그는 느릿하게 고개를 돌려 운정을 빤히 바라보다가 툭 하니 말했다.

"아니."

"전 그 정밀해를 압니다."

"……"

"지금 보여 드릴까요?"

제갈극의 두 눈은 누군가 기름이라도 부은 듯 활활 타올랐다.

그는 당장에라도 걸음을 되돌릴 것 같았지만, 감정을 추스르고 그 자리에 가만히 서 있었다.

뜨겁지만 절제된 두 눈을 한 제갈극은 단조로운 목소리로 물었다.

"그 대가는?"

운정이 대답했다.

"마족 소환 주문에 대한 연구를 부탁드립니다. 특이 사항이 많아서 꽤나 복잡하고 고생할 만한 것이지만, 정밀해를 찾는 것보다는 덜할 겁니다."

제갈극의 두 눈이 날카로워졌다.

"마족 소환 주문에 대한 연구?"

"예."

제갈극은 고개를 갸웃했지만, 운정은 더 말하지 않았다.

그는 피월려와 혈적현을 번갈아 보았다. 그들은 애초에 운정과 제갈극이 무슨 대화를 하는지조차 몰랐으니, 어떠한 도움도 줄 수 없었다.

제갈극은 다시금 운정에게 시선을 두더니 말했다.

"정밀해를 넣는 것을 내가 옆에서 지켜볼 수 있게 해 준다면, 승낙하겠다."

운정은 고개를 끄덕였다.

"좋습니다."

제갈극은 몸 획 돌려서 다시 안으로 들어갔고, 운정도 그를 따라서 들어갔다.

혈적현이 피월려에게 말했다.

"무슨 소리를 하는지 알아들었나?"

피월려는 어깨를 들썩이고는 그들을 따라 갔고, 혈적현도 이내 따라갔다.

다시 안으로 들어오자 아이시리스가 말했다.

"응? 설마 벌써 오시… 어? 운정 도사님?"

운정은 미소로 인사를 대신했다. 그러곤 그 실뜨기를 살짝 보더니 양손을 들어 다섯 손가락으로 이리저리 배배 꼰 이상한 형태를 취했다.

이를 본 모호의 눈이 크게 뜨였다. 손의 형태가 다음번 실뜨기 형태를 간접적으로 나타내고 있었기 때문이다.

해결되지 않았던 문제가 해결되었을 때의 상쾌함. 그것을 모호로 통해 느낀 제갈극은 운정을 보았다.

"너?"

운정은 공간 마법진을 바라보며 양손을 올리곤 말했다.

"그럼 정밀해를 넣을 테니, 잘 지켜보십시오."

그렇게 말한 그는 눈을 감았다.

그리고 롬의 군부에서 확인했던 모든 마법진의 아버지, 더 서클(The Circle)을 떠올리며 그 이미지를 공간 마법진에 투영했다. 그러자 공간 마법진의 모든 도형들이 이리저리 다양한 각도로 움직이고 돌면서 완전한 조화를 이루기 시작했다.

"……"

제갈극도 아이시리스도 그것을 보면서 눈 한 번 깜박일 수 없었다. 운정이 그 공간 마법진에 부여한 정밀해는, 이를 이해하는 사람에게는 이 세상 어느 것과도 비교할 수 없는 전율을 선사했기 때문이다.

그렇게 반각도 지나지 않아 공간 마법진은 완성되었다. 정밀해는 무릇 그렇듯 근사해와는 비교도 할 수 없을 만큼 간단하고 효율적이었다.

운정이 손을 내리자 아이시리스가 툭 하니 말했다.

"어쩐지… 마스터가 마법사라고 령령이가 그랬었는데, 그 말이 맞았네."

운정은 그녀를 돌아보며 말했다.

"령령이가 말이더냐? 난 최근에 마법을 깨달았다. 령령이와 중원에 있을 때는 마법을 쓰지 못했는데?"

아이시리스는 퉁명스럽게 말했다.

"령령이가 그러던데요? 중원에 어떤 지하에 있던 어떤 시체한테 마법 주문을 썼었다고. 그래서 그 시체가 되살아났다고. 리인머시기였다고 했는데요? 아니에요?"

"……."

"기억이 안 나시나 보죠?"

중원에서 지하에 함께 있었다?

그리고 시체에 주문을 걸었다?

그렇다면 그건 은허에서 박소을을 만났을 때일 것이다.

운정은 고개를 저었다.

"모르겠구나."

그때쯤 제갈극은 겨우 이성을 되찾고는 말했다.

"이건… 이건 무엇이냐? 이건… 마법진 그 자체가 아니더냐? 내 상상보다… 더욱 아름답고 더욱 정교하군."

운정은 고개를 끄덕였다.

"이는 더 서클이라고 합니다. 모든 마법진의 아버지라고 불리는 것이지요. 이것으로 모든 종류의 다양체를 구현할 수 있습니다."

"……."

제갈극은 고개를 마구 끄덕이며 공간 마법진에서 눈을 뗄 줄 몰랐다.

아이시리스도 그 말을 듣고서 놀란 표정을 지었다.

"그거 더 세븐이잖아요? 정말인가요?"

"파인랜드에서 천년제국에 들렸을 때, 오딘 아이로 보았었다. 그래서 기억해 두었지."

"세상에……."

피월려와 혈적현은 당연하지만, 그들이 무엇 때문에 놀라는지 전혀 알지 못했다.

더 이상 오가는 대화가 없다는 걸 확인한 피월려가 운정에게 말했다.

"그럼 이걸 이용해서 청룡궁에 갈 수 있는 것이오?"

운정은 피월려를 돌아보았다.

"그렇습니다. 그런데 혹, 가기 전에 박소을을 만나 봐도 되겠습니까?"

그 질문에는 혈적현이 말했다.

"아 참, 나도 그에 관해서 부탁이 있었소."

"부탁요?"

그때 제갈극이 끼어들었다.

"어차피 이 마법진을 가동하려면 안정화시키는 데까지 조금 시간이 걸린다. 반 시진에서 한 시진 정도는 걸릴 테니까, 그동안 박소을과 이야기나 나누고 와라."

욕망으로 가득 찬 제갈극의 두 눈을 보니, 더 서클을 연구하고 싶어서 조금도 참기 어려운 듯 보였다. 그것을 대번엔 눈치챈 피월려는 작게 미소 지으며 밖으로 나갔고, 혈적현 그리고 운정도 별다른 말을 하지 않고는 밖으로 나왔다.

혈적현은 시비를 통해서 박소을을 낙선향으로 불렀고, 그들 또한 운정의 거처인 낙선향으로 향했다. 가는 도중 피월려가 운정에게 필요한 것을 설명했고, 운정은 가만히 고개를 끄덕였다. 그에겐 전혀 어려운 일이 아니었다.

얼마 지나지 않아 박소을이 안으로 들어왔다.

"무슨 일입니까? 제 기계를 보여 주시려고 부르신 겁니까?"

그를 바라보는 운정의 눈이 순간 날카로워졌다.

운정이 나지막하게 말했다.

"안녕하십니까, 박 박사. 전 운정 도사라 합니다. 절 기억하시는지 모르겠군요."

박소을은 고개를 갸웃했다.

"글쎄요. 잘 모르겠습니다."

"왜, 은허의 지하에서 뵈었었는데. 제가 마법을 걸었다고 합니다만."

박소을은 고개를 갸웃했다.

"글쎄요. 잘 모르겠습니다."

"혹 그러면 임모라는 기억하십니까?"

"임모라?"

"모르십니까?"

"글쎄요. 그 역시 잘 모르겠습니다."

과거의 일 중 아무것도 기억하지 못한다면, 어쩔 수 없다.

운정의 표정이 실망으로 물드는 것을 본 혈적현이 어색해진 분위기를 풀었다.

"이분이 바로 파인랜드에서 오신 분이오, 박 박사. 당신이 타고 온 기계는 파인랜드에 있으니, 이분을 통해서 파인랜드로 넘어가 확인할 수 있을 것이오."

운정은 애써 웃어 보였다.

박소을이 의심스러운 눈초리로 그를 보며 말했다.

"파인랜드로 간다고 해도 내 기계는 또 어떻게 찾을 겁니까?"

그 말에 피월려가 황당하다는 듯 되물었다.

"위치를 알고 있었던 것이 아니오?"

박소을은 눈치를 살피더니 고개를 저었다.

그때 운정이 말했다.

"걱정 마세요. 제가 알고 있으니."

"……."

"……."

"……."

모두가 침묵한 채로 운정을 돌아보았다.

운정은 모두를 한 번씩 번갈아 보며 말했다.

"원하신다면 공간 마법진을 통해서 그곳에 다녀올 수도 있을 겁니다. 어차피 차원이동을 하는 거라면, 좌표는 임의로 생성해야 하니까요."

피월려가 말했다.

"우리가 부탁하기도 전에 그 기계의 위치를 알고 있었다는 건 참으로 묘하기 그지없소, 운정 도사."

운정은 피월려와 눈을 마주치며 말했다.

"제가 만일 두 분을 속이려 했다면 이 사실을 여기서 말하지 않았을 겁니다. 파인랜드로 넘어가서 교묘하게 알아낸 척 했겠지요."

"……."

"자세한 사정은 설명드릴 수 없습니다만, 전 그 위치를 확실히 알고 있습니다. 그곳으로 박 박사를 안내하는 데 있어, 다른 속셈은 없습니다. 원하신다면 심검마선께서도 같이 가셔도 좋습니다."

피월려는 고개를 즉시 끄덕였다.

"좋소. 같이 가도록 하지."

그 말에 혈적현이 말했다.

"괜찮겠냐?"

피월려는 미소 지으며 말했다.

"직접 가는 것만큼 의심을 더는 좋은 방법도 없어. 큰일을 앞두고 잠깐 여행이라도 다녀온다고 생각하지, 뭐."

태연하게 말하는 그 말속에서, 혈적현은 피월려의 본심을 느꼈다.

운정에게 꿍꿍이가 있다면 큰 영향이 있을 청룡궁에 바로 가기보다는, 먼저 다른 곳을 들러서 그 본심을 조금이라도 더 감찰해 보는 것이 좋다는 뜻.

하지만 혈적현은 여전히 안심할 수 없었다. 피월려가 아무리 강하다 한들 마법에는 취약할 수밖에 없기 때문이다.

혈적현이 운정에게 물었다.

"혹 그 나리튬 클록을 입고도 공간이동이 가능하오?"

"예, 그것과는 상관없습니다."

혈적현은 피월려에게 말했다.

"그럼 나리튬 클록이라도 입고 가라."

피월려는 살짝 웃으며 말했다.

"결국 그것도 운정 도사가 가져온 것이다. 운정 도사에게 다른 속셈이 있었다면, 그걸 입는다 한들 달라지는 건 없어.

그를 믿자."

"······."

침묵이 찾아오자, 운정이 말했다.

"정 의심스럽다면, 박 박사의 기계 쪽으로 차원이동을 하는 것이 아니라, 공간을 연결한 상태로 잠깐 가서 기계를 가지고 다시 돌아오는 것이 어떻습니까? 전에 태학공자께서 그런 식으로 공간이동을 한 적이 있습니다. 공간 마법진의 시범 운행으로도 그 편이 좋을 것입니다."

혈적현이 팔짱을 끼며 대답했다.

"그것이 가능하다면."

모두 결정되는 분위기 속에서 피월려가 운정에게 물었다.

"아까 전에 목숨이 걸린 일이라고 했었지. 혹, 박 박사를 만나고 싶어 한 이유가 그것과 관계 있는 것이오? 박 박사가 아무것도 기억하지 못해, 차질이 생긴 것 같은데, 괜찮소?"

운정은 잠시 생각하곤 대답했다.

"그와는 크게 관련이 없습니다. 그가 미내로에 대해서 잘 알 것 같아, 제 추측이 맞는지 확인하고 싶었을 뿐입니다. 그리고 또 은허에서 제가 마법을 걸었다는 부분도 궁금하고요."

"······."

"일단, 다시 공간 마법진으로 갑시다."

이에 모두들 자리에서 일어났다.

　　　　*　　　　　*　　　　　*

　제갈극과 아이시리스 그리고 운정은 공간 마법진을 함께
운용했다.

　본래 차원이동은 한 국가에 소속된 수백 명의 마법사들이
도와야 하는 초월급 마법이나, 사용하는 마법진이나 이를 운
용하는 세 명의 실력이 보통을 한참 뛰어넘었기에 가능했다.
그리고 무엇보다도 중원은 마나가 풍부했다.

　공간 마법진의 모든 문양이 눈이 부시도록 환하게 빛나고,
그 중심에 삼차원에선 이해할 수 없는 도형들이 떠오르더니,
곧 흰 빛과 함께 공간이 열렸다. 이는 과거 제갈극이 보여 주
었던 형식의 공간이동, 즉 공간 연결이다.

　기의 흐름이 안정되는 것을 느낀 혈적현은 고개를 끄덕이며
말했다.

　"성공했군."

　운정은 두 손을 내리더니 피월려와 박소을 보았다.

　"이 형식의 공간이동은 오가는 질량과는 상관없고, 열려 있
는 시간과 비례합니다. 때문에 서두르는 것이 좋을 것입니다.
박 박사께서 기계를 확인해 주시면, 제가 들고 오면 될 듯합니
다."

이에 운정이 앞장서서 흰빛으로 들어갔다.

박소을은 불안한 눈빛으로 그의 뒷모습을 보고 있었는데, 이에 피월려가 말했다.

"먼저 가시오. 앞뒤로 보호해 드리겠소."

박소을은 잠시 마른침을 삼키고는 마법진 중앙으로 걸어 들어갔다.

이어서 피월려도 안으로 들어갔다.

그들이 나온 곳은 나뭇잎이 하늘을 가리고 나무뿌리가 땅을 가릴 만큼 울창한 숲이었다. 사람의 손길이 닿지 않은 원시림으로 식물들 간의 치열한 생존 경쟁이 벌어지고 있는 전쟁터였다.

빽빽한 나무뿌리 때문에 어느 곳에서도 발 하나 딛기 어려웠고, 촘촘한 나뭇가지 때문에 어느 방향 하나 움직이기 어려웠다.

하지만 운정은 영령혈검을 이용해 일행이 편히 걸을 수 있도록 길을 터 놓았다. 박소을과 피월려는 운정이 헤쳐 나간 길을 따라서 걸었다.

그리고 그들은 곧 새하얗고 거대한 구 형태의 기계를 발견할 수 있었다.

운정이 중얼거렸다.

"그때보다 조금 남쪽에 위치하는군요."

그때 박소을이 잔뜩 흥분한 기색으로 앞으로 내달리며 말했다.

"이겁니다, 이거예요!"

피월려는 얼른 그의 몸을 잡았다. 당황한 그가 돌아보자, 피월려가 나지막하게 말했다.

"일단은 중원으로 가져가는 것이 좋을 것입니다. 연구는 그다음에 해도 됩니다."

박소을은 겨우 들뜬 마음을 가라앉혔다.

운정은 바람을 일으켜서 그 기계를 공중에 띄웠다.

피월려는 소소를 꺼내 심검을 덧씌우며 투덜거리듯 말했다.

"이토록 나무가 많은데도 기가 메말라 있어. 내력 소모가 정말 크겠군."

그는 마구잡이로 소소(銷簫)를 휘둘렀다. 이에 심검에서 뿜어진 검기들이 사방으로 퍼져 그 큰 기계가 움직일 수 있는 통로를 터주었다.

그들은 이내 흰빛이 나는 곳으로 돌아올 수 있었고, 운정이 그 기계를 이끌고 안으로 중원으로 돌아왔다. 이후 피월려와 박소을도 같이 돌아왔다.

이를 모두 확인한 제갈극과 아이시리스는 마법을 거두었고, 곧 그 자리에 쓰러지다시피 하며 서로를 돌아봤다.

"정말 아슬아슬했느니라……."

"그러니까요. 바로 옆이라고 했었는데, 아니었나 보죠?"

혈적현은 그 둘의 머리를 한 번 쓰다듬어 주고는 앞으로 나아가, 돌아온 셋을 마주했다.

그는 고개를 들고 운정 옆에 떠 있는 거대한 구체 기계를 올려다보며 말했다.

"정말 거대하군. 높이가 적어도 5장은 되겠어. 이 정도의 크기면, 건물 입구로도 나갈 수가 없는데?"

"건물 밖에 공간이 있으니, 공간이동으로 내보내겠습니다."

운정은 눈을 감고 공간이동 주문을 외웠다. 피월려나 혈적현은 서로를 돌아보았지만, 일단은 믿어 보자는 식이었다.

[텔레포트(Teleport).]

그의 주문이 끝나기 무섭게, 구체 기계가 사라지더니, 밖에서 쿵 하는 소리가 들렸다. 박소을은 놀란 표정을 짓고는 얼른 밖으로 뛰쳐나갔다.

혈적현이 말했다.

"수고했다, 태극마선. 앞으론 의심하지 않도록 하지."

"좋습니다."

제갈극과 아이시리스를 제외한 셋은 밖으로 나갔다. 박소을은 언제 올라갔는지, 이미 그 구체의 중간쯤에 있는 입구로 들어가 버렸다.

잠깐 시간이 지나자 그는 곧 얼굴만 살짝 내밀고는 혈적현에게 밝은 목소리로 말했다.

"맞습니다. 이겁니다. 이거면 전 고향으로 돌아갈 수 있을 겁니다."

혈적현이 대답했다.

"그 전에 기계 공학에 대해서 충분히 알려 주셔야 하오."

박소을은 고개를 연신 끄덕였다.

"물론이지요. 이 기계 속에는 기계 공학에 대한 모든 것이 담겨 있습니다! 제 머릿속에 어렴풋이 남아 있는 것과는 차원이 다르지요. 게다가 그것들을 활용할 수 있는 도구들도 만들어 낼 수 있습니다! 정말, 대단합니다! 대단해요!"

어린아이처럼 신난 그는 금세 다시 안으로 들어가 버렸다.

그 모습을 보던 피월려가 말했다.

"그럼 운정 도사, 나와 함께 청룡궁으로 가시겠소? 저 둘의 상태를 보면 어려울 수도 있을 것 같은데, 어떻소?"

운정이 말했다.

"제가 공간이동 주문을 외우면 됩니다. 자, 우선 통천대로(通天大道)까지 가시지요."

놀라운 일을 해내면서도 전혀 지치지 않은 모습.

피월려와 혈적현은 그의 무위를 짐작할 수 있었다.

피월려가 혈적현에게 말했다.

"적현, 그럼 다녀오마."

혈적현은 피월려에게 다가와 그의 어깨에 손을 올리곤 말했다.

"부탁한다, 월려."

피월려는 고개를 한 번 끄덕이고는 다시 공간 마법진으로 들어갔고, 운정도 같이 들어갔다.

얼마 지나지 않아, 운정은 공간이동 주문을 시전했다.

[텔레포트(Teleport).]

금빛으로 사방이 빛나는가 싶더니, 어느새 한 산턱에 있었다.

피월려는 주변을 둘러보았고, 한쪽에 세워진 깃발에 쓰인 글자를 읽었다.

"청암산(靑巖山)… 통천대로(通天大道)라… 이곳이 청룡궁이 있는… 아, 아니?"

피월려는 두 눈을 부릅떴다. 깃발에 쓰인 청암산 글자가 절로 변형되더니 천문산(天門山)으로 변했기 때문이다.

운정이 말했다.

"심검마선께서는 확실히 그들과 같은 핏줄이시군요."

피월려는 잠시 말이 없다가 이내 나지막하게 말했다.

"나도 본가는 처음이오. 청룡궁이 어떤 모습일지 참으로 궁금하군."

그는 즐거운 듯 발걸음을 내디뎠고, 운정도 이내 그의 옆에서 따라 걸었다.

통천대로를 타고 올라감에 따라 주변 환경조차 서서히 바뀌더니 마치 선계(仙界)에 온 듯했다. 이를 둘러보며 피월려가 말했다.

"노마나존이 산 전체에 깔려 있는 듯하오. 이래선 계획이 어긋나 버리는데."

그런 것치고는 태연한 말투였다.

운정이 물었다.

"무슨 계획 말씀이십니까?"

피월려는 품속에서 소소를 꺼내 오른손으로 쥐었다. 그리고 그것을 내려다보며 말했다.

"난 사부에 의해서 청룡을 죽이기 위한 도구로 길러졌었소. 용안을 이용해 신검(神劍)을 얻도록 이끌었지."

"예?"

갑작스러운 이야기에 운정이 되묻자, 피월려가 나지막하게 대답했다.

"중간에 내가 불계의 깨달음을 얻었기에 신검이 아닌 심검(心劍)이 되었소만, 뭐 효과는 비슷하오. 모든 것을 벨 수 있지. 신인 청룡까지도. 사부님은 청룡으로부터 자신의 가문을 해방시키고 싶었나 보오. 아니, 더 나아가서 사방신을 모두 죽이면 인간이 해방되리라 믿었지. 그래서 내 사부의 친우께선 미내로에게 협력했었소. 둘 다 사방신을 죽이자는 공동의 목표를 각자의 방법으로 이루려 했지."

"……"

"뭐, 아무튼. 노마나존이 있는 한 나는 심검을 쓸 수 없소. 그래서 아쉽게도 청룡을 협박할 수는 없겠소."

운정이 잠시 생각이 잠긴 뒤, 대답했다.

"청룡이 이 일대 전부를 노마나존으로 만든 것은 그런 이유에서였군요. 자신을 죽일 수 있는 것은 심검뿐이니까."

피월려는 살짝 웃더니 소소를 품에 넣으며 말했다.

"뭐 어떻게든 되겠지. 다들 내 비기가 심검인 줄 알지만, 사실 내 진정한 비기는 설검(舌劍)이오. 큰 문젠 없을 거요."

"……"

그가 운정을 돌아보며 싱긋 웃었다.

"그러고 보니 운정 도사는 확실히 입신에 이른 듯하오. 마기가 전혀 없는 것을 보면 선공으로 이룩한 듯한데, 무당산의 정기를 대체할 수 있는 수단을 찾은 것이오?"

운정은 고개를 끄덕였다.

"파인랜드에는 엘리멘탈이라는 존재가 있습니다. 자연의 힘을 형상화한 패밀리어인데, 이들 중 바람과 땅을 다스리는 두 존재의 힘을 빌려 가장 순수한 형태의 건기와 곤기를 얻을 수 있습니다. 그를 통해서 선공을 완성시켰습니다."

"흐음, 당시에도 마에 대한 고민을 끝내지 못한 듯한데, 어떻게 덜어 냈소?"

운정은 양손의 엄지로 등 뒤에 매단 영령혈검을 가리켰다.

"이 둘이 바로 제 마의 화신입니다. 모든 마를 쏟아 내어 검으로 만들어 냈지요."

"아하, 외내를 갈라 조화를 이루었군. 그렇다면 혹, 운정 도사께서는 노마나존 안에서도 기를 사용할 수 있소?"

운정은 고개를 끄덕였다.

"그렇습니다."

"그것이 어떻게 가능하오?"

운정이 말했다.

"파인랜드에는 마법 말고도 축복이라는 것이 있습니다. 재밌게도, 마법과 축복 그리고 무공을 한 번에 사용하면 제약이나 조건이 없는 이동이 가능합니다. 전에 심검마선께서 말씀하셨던 신족통과 같이 말입니다."

"흐음."

"이를 이용하여 바람과 땅의 힘을 일으킬 때에, 무공으로 마법으로 그리고 또 축복으로 일으키면 노마나존에 영향을 받지 않습니다. 이는 매우 오묘하면서도 저도 다 이해가 가지 않는 부분입니다."

"아, 나도 그럴 때가 있소. 마치 입신이라는 수면 위로 콧잔

등을 살짝 내밀 때가 있지."

운정은 그 표현에 마음 깊이 공감했다.

"그렇습니다."

"이래 봬도 나도 입신에 있었던 사람이오, 하하하. 오래 있진 못했지만."

통천대로는 산길에서 동굴로 이어졌다.

그들은 동굴 속으로 들어갔고, 거대한 지하 호수가 나타났다.

그 수면을 걸으며 운정이 말했다.

"아마, 저도 이 상태로 오래 있지는 못할 것 같습니다."

"아까 말한 그 목숨이 걸린 일 때문이오?"

"그렇습니다. 입신에 올라 놓고 그 말이 이해하기 어려우실 수 있겠습니다만……."

피월려는 운정의 말을 잘랐다.

"아니, 잘 알고 있소. 그래서 나도 경지를 떨어뜨린 것이고. 확신할 수 없으나, 내가 봤을 땐 사람이 누구나 입신에 오르면 반드시 생명의 위기가 찾아오는 것 같소."

"입신에 오른 누구에게나 말입니까?"

"그렇소. 쉬운 말로 하면 하늘이 허락지 않는 게지. 신이 이 땅 가운데 있는 것을."

"……"

"누구는 하늘이 질투한다고 하고, 누구는 질서를 어지럽힌 다고 하고. 뭐 다양한 이야기가 있긴 하지만 한 가지 확실한 것은, 입신에 올랐다면 도교의 말 따라 우화등선을 하든 아니 면 다시 입신의 경지에서 내려와 인간이 되든 둘 중 하나를 선택해야 하는 것 같소. 신이 된 채로 이 땅 가운데 실존하는 이 애매한 상황은 오래 지속될 수 없소."

"흐음."

피월려는 고민하는 운정을 슬쩍 보고는 물었다.

"혹 물어봐도 되겠소? 무슨 문제를 안고 있는지?"

운정은 눈을 들어 피월려를 보았다.

그러곤 나지막하게 대답했다.

"모두 다 설명하긴 복잡한 일입니다. 최대한 간결하게 말하 자면, 정체성의 혼란이 있습니다."

"정채성의 혼란?"

"임모라라는 엘프의 기억과 운정이라는 인간의 기억. 이 둘 이 제 머릿속에 동시에 존재하고 있습니다. 지금 저는 필사적 으로 스스로를 운정이라 믿고 있지만, 얼마나 갈지 모릅니다. 전 방대한 심력을 지니고 있는 만큼, 임모라의 일생의 모든 순 간들을 기억합니다. 그뿐만 아니라 그가 쌓았던 마법적 지식 들 또한 운정이 쌓았던 지식들만큼이나 깊고 오묘하……."

"운정 도사."

피월려가 갑자기 우두커니 멈춰 서더니 음산하게 말했다.

때문에 운정도 덩달아 설 수밖에 없었다.

운정이 말했다.

"예, 말씀하십시오."

피월려는 고개를 돌려 운정을 보았다.

"자신을 삼인칭으로 칭하지 마시오. 한번 시작하면 걷잡을 수 없을 것이오."

"……."

피월려는 살짝 웃더니 다시 걷기 시작하며 말했다.

"그럼 더 설명해 주시겠소?"

운정은 마른침을 삼키더니, 그를 따라 걸으며 말했다.

"임모라가 쌓은 지식은 운정이, 아니, 제가 쌓은 지식보다도 더 깊고 방대해서 이 또한 막아 내기가 어렵습니다. 지금도 계속해서 기억이 몰려오고 있습니다. 제가 지금 저의 정체성을 유지할 수 있는 이유는 오로지……."

"오로지?"

운정은 눈을 감았다.

"스페라… 그래요, 스페라 덕분입니다. 그녀가 없었더라면 전 이미 스스로를 임모라라고 생각했을 겁니다."

"……."

임모라에겐 없는 것.

운정에게 있는 것.

스페라는 그러한 존재다.

운정은 눈앞에 아른거리는 스페라를 상상하며 나지막하게 말했다.

"제가 생명의 위기에 처했다는 건 그 뜻입니다. 정확하게 말하면 존재의 위기이지요."

피월려가 살짝 덧붙였다.

"그리고 그에 관한 해결 방안을 제갈극이 쥐고 있는 것이고. 아까 말한 마족 소환 주문인가? 그것으로. 맞소?"

"예, 맞습니다."

"그러면 아까 왜 그것을 바로 요구 않았소? 그 정밀해인가 뭔가 하는 것을 공간 마법진에 넣었으니 본인의 조건을 만족했을 터. 그러니 제갈극에게 마족 소환 주문을 바로 요구했어도 되지 않았소? 그가 너무 지쳐서 미룬 것이오?"

운정은 살짝 웃더니 말했다.

"그 전에 해야 할 일이 있기 때문입니다."

"해야 할 일?"

"마를 쏟아 내는 것이 아니라 마를 참회해야 합니다."

피월려가 운정을 돌아보았다. 운정은 고개를 숙이고 양손으로 영령혈검의 검날을 만지작거리며 내려다보고 있었다.

그는 더 설명하고 싶은 생각이 없는 듯했다.

피월려는 더 묻지 않고 걸었다.

그들은 호수 맞은편에 당도했고, 곧 동굴에서 빠져나왔다.

곧 그들은 끝이 없는 절벽 사이사이로 수십 개의 현수교가 있는 곳에 당도했다.

피월려가 말했다.

"그 축복이라는 것을 조금 설명해 주실 수 있겠소?"

운정은 턱에 손을 가져가고는 과거의 기억을 떠올렸다.

운정은 카이랄을 아무렇지도 않게 통과했다.

시르퀸은 숲을 아무렇지도 않게 통과했다.

우화는 땅을 아무렇지도 않게 통과했다.

하지만 다른 이들은 그러지 못했다.

운정이 중얼거렸다.

"일종의 권한입니다. 아니, 권능이라고 해야 할까요? 어떠한 권한 및 권능을 부여받는 것입니다."

"권한? 권능? 이를 부여받는다?"

운정은 고개를 끄덕였다.

"그렇습니다."

피월려는 잠시 고민하다가 나지막하게 말했다.

"재밌군. 능력이 아니라 권한이라?"

운정의 미간이 조금 좁아졌다.

그는 곧 나지막하게 말했다.

"예. 축복을 받는다는 건 무언가를 할 수 있는 능력이 생긴다는 것과는 조금 다릅니다. 무언가를 할 수 있는 권한이 생긴다고 보는 것이 맞습니다."

"오호?"

"하지만 역시 명확하지 않군요. 저도 잘 설명은 못 하겠습니다."

운정이 말끝을 흐리자, 피월려는 자신의 깨달음을 그의 말에 접목시켜 생각하기 시작했다.

그리고 나지막하게 중얼거리기 시작했다.

"무언가를 할 수 있다는 의미는 총 세 가지로 생각할 수 있소. 첫째는 의지, 둘째는 능력, 세 번째는 권한."

"능력과 의지와 권한이오?"

"그렇소. 예를 들면 사람이 다른 사람을 죽일 수 있다는 말은 총 세 가지로 해석될 수 있다는 뜻이오. 사람이 다른 사람을 죽이는 의지가 있다, 혹은 능력이 있다, 혹은 권한이 있다. 이렇게 말이오."

"흐음."

"내 무공은 심과 검과 마. 이 셋의 삼태극으로 되어 있소. 이를 '할 수 있다'라는 말에 빗대어서 생각해 보면, 심은 곧 권한이고, 검은 곧 능력이고, 마는 곧 의지라 할 수 있지. 지금 잠깐 생각해 본 것이지만, 일단은 그렇소."

"그렇군요."

피월려가 팔짱을 끼며 더 말했다.

"방금 전 무공과 마법 그리고 축복. 이 세 가지를 말씀하셨는데, 이를 의지와 능력와 권한의 시점으로, 내가 끼워 맞춰봐도 되겠소?"

운정은 부드러운 미소를 지었다.

"심검마선께서는 과연 마인이시군요. 깨달음에 접근하시는 방법이 참으로 저와는 다르십니다. 그것이 제게 도움이 될지는 모르겠습니다."

피월려는 어깨를 들썩였다.

"백도에선 깨달음 전부를 서서히 소화시켜 그 전체를 한 번에 얻고, 흑도에선 일단 깨달을 수 있는 만큼만 깨닫고 그 이후에 점차 고쳐 나가지. 그러나 깨달음의 정점에 서서 그 위를 개척하는 우리의 입장에서, 과연 그 둘의 차이가 있겠소?"

있을 리가 없다.

미래의 깨달음을 어떻게 전부와 일부로 나눌 수 있겠는가?

운정은 그의 실수를 인정했다.

"차이가… 없겠군요."

"그러니 입신의 경지에선 결국 흑과 백의 구분이 무의미한 것이오."

운정은 입을 살짝 벌렸다.

"과연 그렇군요. 그렇다면… 그렇다면 심검마선의 생각을 듣고 싶습니다. 부탁드리겠습니다."

피월려는 소리 없이 미소 지었다.

그는 몇 차례 심호흡을 하더니 천천히 자기 생각을 말하기 시작했다.

"일단 거칠게 추측해 보겠소. 무공은 의지가 있고 능력이 있으나 권한에 대해선 말하지 않지. 마법은 의지가 있고 권한이 있으나, 능력에 대해선 말하지 않지. 그렇다면 축복은 능력이 있고 권한이 있으나, 그 의지가 없는 것이겠군."

운정은 고개를 크게 끄덕이며 말했다.

"저도 일단은 그 생각이 얼추 맞는 듯합니다. 무공에 권한이 없는 것과, 축복에 의지가 없는 것은 확실히 이해가 가지요. 무공은 힘을 뜻하는 만큼 본질적으로 파괴적이며 축복은 그 안에 수동성이 내포되어, 부여되는 것에 불과하니까요. 하지만 마법에 능력이 없다는 것은 조금 이해하기 어렵습니다. 마법에는 권한과 의지가 있으나 능력이 없다는 건 어떻게 해석해야겠습니까?"

"흐음, 확실히… 어렵소."

이에 운정은 다른 해석을 내놓았다.

"하나씩 연결하는 건 어떻습니까?"

"하나씩? 어떻게 말이오?"

"무공은 능력, 마법은 의지, 축복은 권한. 이렇게 말입니다."

"오호라, 과연……."

"이편이 좀 더 해석하기 편한 듯합니다만."

피월려는 그 말을 곱씹었다. 그러면 그럴수록 괜찮은 맛이 나는 듯했다.

그가 나지막하게 말했다.

"고등의 깨달음이라 괜히 더 어려울 것 같아서 삼태극의 이태극을 모아 셋을 만들었지만, 그보다는 운정 도사가 말씀하신 대로 하나씩 연결하는 게 맞는 듯하오."

운정은 하늘을 올려다보며 말했다.

"노마나존. 이 속에선 마법은 불가능하지만, 무공과 축복은 가능합니다. 물론 발경도 불가능합니다만 본질적인 무공의 운용과 다른 복합적인 응용이니 이를 제하여 생각하면, 노마나존은 개인의 의지를 자연에 넣는 것을 허락지 않는 것이라 볼 수 있습니다."

"마법이 의지와 연관성이 있다는 전제하에 말이오?"

"예. 그리고 더욱 신빙성이 있는 것이, 마법엔 포커스라는 것이 있습니다. 이는 다른 말로 하면 심력과도 같은데, 이것이야말로 사건을 일으키는 근원적인 힘입니다."

"흐음……."

그들은 현수교의 끝에 다다랐다.

앞으로는 끝없이 높은 계단이 펼쳐져 있었다.

피월려와 운정은 말없이 올라가기 시작했다.

피월려는 소소를 꺼내 붙들고는 계속해서 기를 운용했다.

운정은 그의 깨달음을 방해하고 싶지 않아 가만히 그의 뒤를 따라갔다.

얼마나 시간이 지났을까?

그들은 그 정상에 닿았다.

그때 피월려가 입을 살짝 벌렸다.

"아, 아, 아. 좋아. 이런 식이로군!"

그의 말이 끝나기 무섭게 소소 위로 반투명한 검신이 서서히 나타나기 시작했다.

이를 본 운정은 미소를 짓지 않을 수 없었다.

"성공하셨군요."

"심검이 있으면 내 설검도 덩달아 날카로워지지. 생각보다 일이 쉽게 끝날 것 같소."

피월려는 몇 차례 소소를 들고 휘둘러 보았다. 그러자 그 심검에서부터 무형검기가 뿜어져 나가 먼 곳에 날아갔다.

"내력 소모가 극심하긴 하오. 마치 아까 전 파인랜드에서 펼치는 것과 비슷한 느낌이오. 그래도 노마나존 내에서 발경을 할 수 있게 된 것은 참으로 좋은 일이오. 운정 도사께 감사하는 바이오."

피월려는 운정을 향해서 포권을 취했다.

운정이 마주 포권을 취했다.

"아닙니다. 심검마선께서도 제게 큰 깨달음을 주었습니다. 정점에 이르면 흑과 백의 차이가 없다는 오래된 격언을 잊고 있었는데, 이를 확실히 일깨워 주셨습니다. 제가 심검마선께 드린 것은 물고기이지만, 심검마선께서 제게 주신 것은 물고기를 잡는 방법이니, 도리어 제가 은혜를 받은 것입니다."

"그렇게 생각해 주니 고맙소. 그런데… 정상에 올라와도 뭐가 없는 듯하오?"

"이쪽으로 오십시오. 제 기억에는 투명한 계단이 있습니다."

피월려는 운정이 가리킨 곳을 향해서 눈초리를 모았다.

"투명한 계단? 아, 이제 보이는군… 이곳은 현실과 이면이 뒤섞인 듯하오. 오랜만이군, 이 묘한 기분은."

피월려는 그쪽으로 걸어가 투명한 계단 위에 섰다.

그리고 그는 천천히 위로 올라가기 시작했다.

운정은 그의 뒷발치를 따라서 같이 올라갔다.

땅은 점차 멀어졌고, 하늘은 점차 가까워졌다.

온도가 그 바닥을 모르고 내려가니 그 둘은 내력을 운용해야 했다.

태양빛은 사라지기 시작했고, 칠흑 같은 어둠이 대신하기 시작했다.

그리고 별들이 움직여 점차 하나의 형상을 만들어 내기 시작했다.

그런데 저 멀리 투명한 계단에 십여 명의 사람들이 서 있었다.

그곳엔 조월서도, 조월산도, 조랑랑도 그리고, 일찍이 광선포를 사용했던 남자도 있었다.

서로 어느 정도 간격을 두고 각자 자신만의 무기를 꺼내 든 채로, 올라오고 있는 운정과 피월려를 뚫어지게 바라보았다. 눈에 담긴 투지와 살기를 보면 조금도 대화를 할 생각이 없는 듯 보였다.

좁은 투명 계단에서 싸우는 편이 승산이 있을 것이라 판단한 것이다. 안 되면 몸을 던져서라도 계단 아래로 동귀어진이라도 할 것이다.

피월려가 운정에게 말했다.

"나는 운정 도사와 다르게 노마나존 안에서 펼치는 모든 것에 극심한 내력의 소모가 있는 듯하오. 청룡을 위해서 심검을 아껴두고 싶소만."

운정은 방긋 웃더니 말했다.

"그럼 제가 나서지요."

운정은 그렇게 말한 뒤 오른손을 앞으로 뻗었다.

그리고 왼손으로 그 소매를 살포시 잡았다.

그는 왼쪽에서부터 오른쪽으로 빠르게 휘둘렀다.

부우웅.

고요한 밤하늘에 갑자기 폭풍이 불어닥쳤다.

그러자 투명 계단 위에 서 있던 모든 이들이 그 힘을 이기지 못하고 옆으로 쭈욱 밀려, 투명 계단 옆으로 모조리 떨어졌다. 바닥을 잡고 안간힘을 쓰던 이들도 결국 그 손을 놓치고야 말았다.

모든 용들이 땅으로 추락하는 그때, 운정이 오른손으로 주먹을 쥐었다.

그러자 땅으로 곤두박질치던 용들이 공중에서 우두커니 멈췄다. 그들은 모두 핼쑥한 표정으로 운정을 올려다보았다.

운정은 그들에게 살짝 웃어 보이곤 피월려에게 말했다.

"가시지요."

피월려는 고개를 한 번 끄덕여 보이곤, 소소를 이리저리 휘둘러 손목을 풀면서 앞으로 나아갔다.

그들은 곧 투명 계단 끝에 설 수 있었다.

피월려는 하늘을 올려다보곤 말했다.

"죽이고 싶지 않으니 모습을 드러내시오, 청룡. 할 말이 있소."

그 말에 몇몇 개의 별이 꿈틀거렸다.

[감히 필멸자가 나에게 명령하는 것이냐?]

피월려는 심검을 앞으로 뻗으며 말했다.

"당신은 불멸하고 나는 필멸하는 것은 그 누구도 부정할 수 없는 사실이오. 그러나 내가 오른손으로 든 이 심검 앞에서 모든 존재는 필멸자가 되지. 따라서 이 심검이 있는 한 당신과 나는 같은 필멸자에 불과하오. 밤하늘 뒤에 숨어서 초월적인 존재인 척은 그만하시고, 이곳으로 내려오시오. 그렇지 않으면 손을 쓰겠소."

[건방진 것! 어디 한번 네 심검으로 날 공격이라도 할 수 있나 해 보거라. 네 무공의 수위가 아무리 높다 한들 이 밤하늘에 닿으리라 보느냐?]

피월려는 운정을 슬쩍 보았다.

운정은 나지막하게 말했다.

"용들을 붙들고 있어서 심검마선을 도와줄 여유는 없습니다."

피월려는 어깨를 들썩이더니, 다시 하늘을 보았다.

"아직 밤하늘을 찢어 본 적이 없어서 그 질문에 답변은 못 하겠소. 하지만 내가 한번 시도했다가 당신이 죽어 버리기라도 하면 나는 원하는 것을 얻을 수 없을 테니, 괜히 시도하지 않겠소."

[하하, 광오하기 그지없구나. 세 치 혓바닥으로 감히 나를 협박하려느냐?]

피월려는 고개를 저었다.

"세 치 혓바닥뿐은 아니오. 혹 조진소를 기억하시오?"

이에 별들이 모여 노기를 뿜어냈다.

[그 가증한 놈을 잊을 리 없지.]

"그리고 서화능도 알 것이오."

[흥! 데릴사위 주제에 은혜를 베풀어 용으로 만들어 주었건
만, 그런 은혜를 모르는 배은망덕한 놈 또한 잊을 리가 없다.]

"그들은 당신의 하수인이 되어 버린 조씨 세가를 해방시키
기 위해서 이곳에서 탈출했소. 그 둘은 각기 다른 방법으로
이 목적을 달성하려 했는데, 그중 나는 조진소의 작품이오.
태극음양마공과 용안심공, 거기에 금강부동심법까지 합하여
이 심검을 이루었소. 내 스승인 조진소가 꿈꾸었던 신검과는
조금 다를지 모르지만 그보다 더하면 더했지 결코 덜하지 않
소."

별자리가 좌우로 흔들리기 시작했다.

[그래서? 조진소 그놈이 그리 말했다 해서 네 심검이 나를
죽이리라는 보장은 없다.]

피월려는 더욱 여유로운 목소리로 말했다.

"차원을 넘어온 미내로조차도 이것이 신을 죽이리라 믿어
의심치 않았소. 참고로 그녀는 주작과 현무를 부활시킨 마법
사이오. 그녀조차 그리 믿었으니, 아마 내가 검을 휘두르면 당

신은 죽을 거요. 용은 당신에게 거짓을 고하지 못하니, 내 말이 사실임을 잘 알지 않소?"

[……]

밤하늘은 침묵했다.

아무리 청룡이라도 차원을 넘어 사방신 중 둘의 봉인을 해제한 마법사의 말을 경원시 들을 수는 없었다.

피월려가 말했다.

"다시 말하지만, 나는 당신을 죽이러 이곳에 온 것이 아니오. 그저 거래를 하고 싶어서 온 것이오. 이 심검을 보여 준 것은, 내가 일개 인간이 아니라 당신과 거래를 할 수 있을 만한 자격이 있음을 증명하는 것에 지나지 않소, 청룡. 어떻소? 나와 거래할 생각이 있으시오? 일단 내 이야기라도 들어 보는 것이 어떻소?"

별자리들의 빛이 잠시 일렁였다.

얼마나 지났을까?

청룡이 물었다.

[무슨 거래를 말하는 것이냐?]

피월려는 살짝 웃었다.

"나는 지금 곤륜산에 머무르고 있는 강령학파, 네크로멘시 학파를 저지하려 하오. 이들은 미내로의 도를 따르는 자들로, 중원에 존재하는 모든 기를 자기들의 힘을 위해서 사용하려

하지. 아시다시피 마법으로 사용되어지는 기는 순환하지 않소. 소멸하지. 중원의 기가 남아 있지 않게 되면, 당신도 곤란하지 않겠소?"

[이 별은 이미 힘을 다했다. 기가 사라지는 것은 결국 일어날 수순이니라.]

청룡은 기가 사라진다는 사실에 크게 신경 쓰지 않는 듯했다.

피월려의 얼굴이 살짝 굳었다.

그는 다른 방법을 시도했다.

"아시다시피 두 사방신을 봉인에서 해제하여 차원의 벽을 흔든 것이 미내로이오. 그녀의 도를 따르는 그들이 과연 나머지 사방신인 백호와 당신을 그대로 둘 것 같소? 내 장담하건대, 그들이 중원을 장악하고 나면, 분명 당신과 백호를 찾아 봉인을 해제하여 전쟁 신으로 되돌릴 것이오. 그러면 차원의 벽은 완전히 사라지게 되겠지. 중원과 파인랜드 사이에 자유로운 이동이 가능케 될 것이오. 그것은 당신이 바라는 일과는 정반대의 결과이지. 아니오? 그뿐만 아니라 그들은 황룡까지도 자기들의 목적을 위해서 이용할 것이오."

[……]

역시 미내로가 먹힌다.

피월려는 말을 이었다.

"게다가 현재 당신은 청룡궁으로 북부 무림인들을 통제할수 없소. 하북팽가의 가주는 청룡궁과 척을 지기로 마음을 먹었고, 청암문 또한 더 이상 당신들의 지배를 받아들이지 않지. 그들은 그들만의 세력을 구축하려 하오. 그러니 당신은 오로지 용들만으로 강령학파를 저지해야 하는데, 과연 가능하겠소?"

[상황을 그렇게 만든 것은 네놈이지 않느냐!]

"그건 그리 중요하지 않소. 중요한 것은 당신이 강령학파에 대해서 아무것도 할 수 없다는 것이지. 만약 수단이 있으면 내게 말씀해 보시오. 다 듣고 타당하다 생각되면 순순히 물러나겠소."

별들의 빛이 다시금 강렬해졌다.

하지만 곧 이내 수그러들었다.

[내가 용들을 너희에게 보낸다 한들 너희가 나를 배신하지 않을 것이란 보장이 어디 있느냐!]

"간단하오. 강령학파는 당신뿐만 아니라 천마신교의 입장에서도 꼭 멸절해야 하오. 그들은 자신들의 목적을 위해서 죽은 시체까지도 부리며 살아 있는 사람들을 아무렇지도 않게 헤치고 있소. 이대로 가다간 중원의 모든 무림인은 물론이고 모든 인간을 포함한 모든 생명들이 강령학파의 노예가 될 것이오. 당연하지만 천마신교도 이를 절대 방관할 수는 없소."

[그리고? 목적을 달성한 후에는? 그 뒤에는 내 용들을 죽이지 않으리라 내가 어떻게 아느냐?]

"내가 그렇게 하지도 않겠거니와, 내가 그렇게 한다 해도 상관없지 않소? 내가 살아 있는 동안에는 숨어 계셨다가, 내가 죽고 난 뒤 또 다른 가문을 간택하여 청룡궁으로 삼으시면 되오. 하지만 강령학파에겐 그런 방법이 통하지 않소. 나야 고작 심검만 가지고 있고 당신을 찾을 수단도 없지만, 마법을 쓰는 그들에겐 당신을 죽이거나 찾거나 혹은 봉인하거나 이용하는 방법 정도는 많을 것이오. 마법은 그러한 학문이니까."

[……]

"이렇게까지 말했는데도 모르겠소? 강령학파야말로 당신에게 가장 큰 위협이오. 이들은 당신의 본질을 가지고 장난질을 할 수 있는 자들이오. 이미 미내로가 충분히 시범을 보였소."

밤하늘은 다시금 고요함으로 잦아들었다.

별들이 반짝이기를 쉬지 않다가, 이내 한쪽으로 모여들었다.

[좋다. 조월려, 네게 용들을 맡기겠다. 강령학파를 모두 멸절하고 그들의 가르침이 이어지지 않도록 해라.]

피월려는 고개를 끄덕였다.

"알겠소. 그리고 난 피월려이오."

그는 그렇게 말한 뒤에, 몸을 돌렸다.

그리고 투명 계단을 내려가려는데 운정이 그 자리에 우두
커니 서 있는 것을 보곤 걸음을 멈췄다.

"운정 도사, 혹 청룡과 할 말이 있소?"

운정은 밤하늘에 시선을 고정한 채로 말했다.

"잠깐이면 됩니다."

"알겠소."

피월려는 한 계단 아래 섰고, 운정은 앞으로 나아갔다.

별들이 모여 그를 바라보자, 운정이 말했다.

"황룡은 거짓 신입니다. 아십니까?"

청룡이 대답했다.

[내가 그것을 모르리라 생각하느냐?]

"그런데도 왜 황룡을 섬기려 하십니까?"

[내가 말하지 않았느냐? 본래 사방신은 전쟁 신이다. 태초
부터 우리는 반목했으며 그 어느 것 하나 통일을 이루지 않았
다. 그렇기에 셋이 황룡에 반하는 한, 적어도 하나는 황룡을
섬겨야 한다. 우리가 서로 반목하지 않고, 하나에 통일을 이루
면 우리는 우리의 존재 가치를 잃어버리느니라. 황룡이 거짓
신인지 아닌지는 중요하지 않다. 나는 내 본질로 인하여 그를
섬기는 것뿐이다.]

"그럼 황룡이 존재하지 않는다면, 그를 섬길 필요도 또한 반
목할 필요도 없으니 상관없는 것 아닙니까?"

[신이 왜 신이겠느냐? 신이 신인 이유 그 첫째가 바로 불멸이기 때문이다. 황룡은 비록 거짓이지만, 신은 신이다. 그는 불멸자이며, 이는 곧 영원히 존재하는 자라는 뜻이다. 그가 영원히 존재하는데 어떻게 그가 존재하지 않을 수 있느냐? 그것은 불가능한 것이다. 허에 근원을 두었다 하여 불멸이 필멸이 되는 것은 아니니라.]

"하지만 애초에 만들어진 신이니, 다시 사라질 수도 있는 것 아닙니까?"

[이해하지 못하는군. 인간은 태어난 이상 언젠가는 반드시 죽는다. 그런데 그 죽음이 태어남을 취소하는 행위이더냐? 아니다. 존재했다가 소멸했다 해서 한 번도 존재치 않은 것과는 분명 다른 것이다. 이 이해를 한 차원 그대로 위에서 생각해 보거라. 한 신이 만들어질 수는 있다. 필멸에서 불멸이 되었을 수는 있어. 그러나 그렇다고 해서 불멸이 다시 필멸이 될 수는 없느니라. 불멸이 되었다는 것은 죽지 않는 것이 아니라, 죽음이 불가능하다는 것이야. 애초에 그것이 불멸의 정의이니라. 그러한 정의가 이미 선포되어 세상에 녹아들었는데, 이를 어찌 바꾸겠다는 뜻이냐?]

"흐음, 무슨 뜻인지 알겠습니다. 마법적인 이해와 비슷하군요. 하지만 가정은 해 볼 수 있지 않겠습니까? 만약 황룡이 멸하게 된다면… 그렇다면 사방신은 존재하지 않는 것을 위해

섬기거나 반목할 이유가 없을 것입니다. 맞습니까?"

순간 모든 별들에게서 빛이 사라졌다.

흑암으로 변한 밤하늘.

그곳에선 겨우 두 개의 별만이 옅은 빛을 냈다.

[무슨 꿍꿍이더냐?]

"그저 묻는 것뿐입니다."

[……]

"어떻습니까?"

다시금 별들이 빛을 되찾기 시작하며, 이내 원래대로 돌아왔다.

청룡이 말했다.

[존재치 않는다면, 섬기는 것과 반목하는 것에 구분이 없으니 차이점이 존재할 수 없느니라.]

"그렇군요. 감사합니다."

운정은 포권을 취했다.

그러곤 몸을 돌렸다.

그때 청룡이 그를 불러 세웠다.

[운정 도사.]

운정이 밤하늘을 향해 고개를 돌렸다.

별들이 모여 그를 바라보고 있었다.

"말씀하십시오."

[황룡이 봉인에서 해방되면 사방신은 수호신이 되어 이 땅을 지킬 것이다. 하지만 황룡이 완전히 죽는다면, 우리는 전쟁신이 될 것이다. 그리고 이 별의 기가 모두 사라질 것이다. 모든 것이 사라진다. 운정 도사, 그러니 행여나 네가 가정한 일이 가능하다 할지라도 그것을 행하여 황룡이 존재치 않게 되면, 무공도 술법도 도문도 모두 사라질 것이다.]

운정은 고개를 저었다.

"아니요. 그렇지 않습니다. 당신은 황룡에게 속았습니다. 거짓 신이 거짓말을 하는 건 이상한 게 아니지요."

[……]

"아니, 속았다고도 할 수 없지요. 당신은 어디까지나 황룡을 섬기는 존재. 그러니 그가 뜻하는 바를 믿을 수밖에 없을 것입니다. 심지어 속았다 할지라도, 이제 와서 황룡과 반목할 수는 없지 않습니까? 본질적으로 섬겨야 하니까요. 그렇게 생각한다면… 당신은 애초에 속은 것이 아니라, 속아 준 것이로군요. 섬기기 위해서."

[알았나 보군. 중원으로 넘어오기 전의 황룡을.]

"그렇습니다. 당신이 모르는 그의 목적과 뜻을 알지요. 때문에 당신의 말이 틀렸다는 것도 압니다. 그러니, 지켜봐 주시지요."

별빛이 작게 일렁였다.

[그럴 수는 없느니라. 네가 황룡을 멸하려 한다는 걸 알게

된 이상, 나는 널 막을 수밖에 없느니라.]

운정은 영문을 모르겠다는 표정으로 말했다.

"그게 무슨 말씀이신지요. 황룡을 멸한다니요? 그것은 불가능한 것인데, 어째 제가 할 수 있다는 말입니까? 사람이 태어나고 죽을 순 있어도, 태어난 것을 취소할 수는 없는 법입니다."

[……]

"불가능한 것을 하려고 하는 것을 막는다는 것은 논리적으로 아무것도 하지 않는다는 것과 동일합니다. 그러니 저를 막으시겠다면 아무것도 하지 않으시면 됩니다."

밤하늘의 별들이 마구잡이로 반짝이기 시작했다.

[하, 하하, 하하하, 크하하! 크하하! 크하하하!]

투명 계단 위로 청룡의 웃음소리가 쏟아졌다.

第一百十四章

통천대로 앞.

피월려와 운정 그리고 청룡궁의 용들이 그곳에 옹기종기 모여 있었다.

운정은 남동쪽을 바라보며 눈을 감고 끊임없이 중얼거리고 있었다. 이를 기다리던 피월려와 청룡궁의 용들은 딱히 할 게 없어서 서로를 힐긋거렸다.

"······."

"······."

가족이라고는 아버지와 어머니밖에 모르던 피월려는 자기

얼굴과 비슷한 생김새를 하고 있는 청룡궁들의 용이 신기할 따름이었다. 이제 막 만났을 뿐인데, 혈연이라는 것이 있기는 한지 묘한 동질감이 느껴졌다.

그에 반면에 청룡궁의 용들은 피월려를 향해 노골적으로 적개심을 품었다. 있어서는 안 될 존재를 바라보는 듯했는데, 피월려는 그런 시선에 아랑곳하지 않고 미소를 머금은 채 그들을 더욱 자세히 살펴보았다.

피월려가가 그들을 향해서 말했다.

"내가 청룡의 대화를 위해서 생각해 온 패 하나가 있는데, 청룡이 별로 신경 쓰지 않는 것 같아서 꺼내진 않았소만⋯ 여러분들에게는 쓸모가 있을까 하여 말씀드리고 싶소."

용들은 모두 눈초리를 모으고 피월려를 보았다.

그들 중 한 남자가 앞으로 걸어 나오더니 그에게 말했다.

"그게 무슨 뜻이지, 월려?"

피월려는 그에게 시선을 주며 말했다.

"내 알기로는 하북팽가에서 용들을 억류하고 있는 것으로 알고 있는데, 맞소? 왜, 낙양 북문에서 흑백대전이 일어났을 때 제압하지 않았소."

그러자 그 남자가 말했다.

"그런데?"

"그들을 구해 주겠소. 그러니 청룡의 명령인 것과 별개로 이번 일에 성실히 임해 주시오."

"······."

그 남자는 별다른 말을 하지 않고는 다시 원래 자리로 돌아가 버렸다.

반응을 보아하니, 그들 또한 청룡처럼 억류된 용들에게 딱히 신경 쓰지 않는 것 같았다.

피월려는 들리지 않을 정도로 나지막하게 말했다.

"어머니의 선택이 현명했어. 콩가루 집안이 따로 없군."

그때 운정이 심호흡을 하면서 말했다.

"됐습니다. 방금 막 가동했으니, 이제 공간이동이 될 겁니다."

피월려는 그들에게서 시선을 떼고 운정을 보았다.

"생각보다 오래 걸렸군. 원래 이렇게 오래 걸리는 것이오?"

운정이 청룡궁의 용들을 흘겨보며 말했다.

"용들에게는 본래 마법이 통하지 않습니다만 공간 마법은 공간을 옮기기에 용들도 공간이동은 할 수 있습니다. 물론 그만한 대가가 있어, 많은 양의 마나와 포커스가 들어갑니다. 한두 명이라면 모를까, 이 정도의 인원이라면 어쩔 수 없습니다."

"흐음, 그렇소? 좋은 정보로군."

"그럼 준비하십시오."

운정이 양손을 위로 들었다. 그리고 다시 눈을 감았다가,
크게 뜨며 외쳤다.

[텔레포트(Teleport).]

그의 말이 끝나기 무섭게 그들은 천마신교 낙양본부 공간
마법진에 도착했다.

이를 처음 겪어본 용들은 그 자리에서 주저앉아 두통을 호
소했다. 하지만 피월려는 전혀 영향이 없는 듯 몸을 살짝 돌
려 그들에게 말했다.

"화산으로 다시금 공간이동을 해야 하니, 다들 이 자리에
서 몸을 추스르고 계시오. 그리고 기다리는 동안 이 건물 밖
으로 나가는 것은 내 직접 엄금하겠소. 그러니 행여나 밖으로
나가려면 목숨을 걸어야 할 것이오."

그 말은 원형의 공간 마법진 내에서 끝없이 메아리쳤다.

피월려는 이내 몸을 돌리곤 운정과 함께 공간 마법진 밖으
로 나갔다.

건물 입구엔 제갈극이 있었다.

그가 말했다.

"쿨다운이 생각보다 기니라. 적어도 한 시진은 있어야 화산
쪽으로 공간이동을 다시 할 수 있을 것이다."

운정이 놀란 듯 말했다.

"아무리 용들이라 하지만, 더 서클로도 그렇게나 오래 걸립

니까?"

"십여 명의 용아지체가 그 먼 거리를 공간이동한 자체가 이미 기적에 가까우니라."

피월려는 팔짱을 끼며 말했다.

"그럼 난 한 시진 동안 여기 입구를 지키고 서 있겠소. 행여나 용들이 황룡을 찾겠다고 난동을 피우면 안 되니까."

운정이 고개를 저었다.

"아마 그러진 않을 겁니다."

피월려가 의문을 담은 표정으로 그를 보았다.

"아까 청룡과 한 대화 때문에 확신하는 것이오? 그러고 보니, 청룡이 가만히 지켜본다는 게 무슨 뜻이었소? 왜 갑자기 그가 마음을 돌린 것이오?"

운정은 살짝 웃으며 말했다.

"청룡이 황룡을 섬기는 건, 그의 본질 때문입니다. 그래서 황룡을 멸하려는 저를 막는 것입니다. 하지만 황룡을 죽이는 것은 불가능한 일입니다. 불가능한 일을 막는 것은 곧 아무것도 하지 않는 것. 따라서 막지 않는 것이지요."

피월려는 더욱 아리송한 표정을 지었다.

"그럼 청룡은 내가 심검으로 황룡을 죽이는 건 왜 막으려 한 것이오?"

"막으려 하지 않았습니다. 그가 막으려는 건 심검마선께서 황룡의 환세를 막고 다시 죽음에 고정하려는 것을 막으려는 것이지요. 다만 그것이 실패한다면 심검마선께서 어쩔 수 없이 황룡을 죽이겠다 하셨지요. 그것은 청룡도 상관치 않을 겁니다."

"……."

"그래서 지금껏 지켜보고 있었는지도 모르지요. 답을 찾지 못한 심검마선께서 결국 황룡을 죽이리라 생각하고."

피월려는 잠시 고개를 숙이곤 말이 없었다.

운정과 제갈극은 조용히 그를 보았다.

곧 피월려가 입을 열었다.

"태학공자, 전에 태학공자가 말하기를, 죽음에 고정한 것과 봉인하는 것의 차이를 깨달았기에 이젠 황룡과 진설린을 분리하는 그 실마리를 얻었다고 하지 않았소?"

제갈극은 고개를 끄덕였다.

"그 이해의 차이를 모두 소화했느니라. 내게 충분한 시간이 있다면, 분리할 수 있을 것이다. 하지만……."

"하지만?"

"그건 어디까지나 진설린을 구할 수 있는 것이지, 황룡에 대한 근본적인 해결책은 아니야. 이후 네가 심검으로 황룡을 죽인다 해도, 그 여파가 인간에게 없으리라고는 보장할 수 없다. 이러나저러나 황룡은 신이야. 불가능한 것은 불가능한 것이다."

그때 운정이 맑게 웃었다.

"하지만 전 불가능을 가능케 하는 방도를 압니다."

"……."

"……."

둘이 운정을 바라보았을 때, 갑자기 공간 마법진 건물 앞에 있던 거대한 기계의 입구가 열렸다.

거기서 혈적현이 고개를 내밀고 운정과 피월려과 도착한 것을 보았다.

그가 뛰어 땅에 착지하곤 그들에게 다가왔다.

"청룡과의 일은?"

피월려가 대답했다.

"잘 끝냈어. 용들이 다 공간 마법진 안에서 대기 중이다. 그런데 그 속에서 뭐 하고 있었던 거야?"

혈적현은 어깨를 들썩였다.

"박소을이 뭐 하나 해서 뒤에서 지켜보았지."

"그런데?"

"기계에 무슨 결함이 있는지, 고향에 돌아갈 수 없나 보더라고. 절망에 빠져서 가만히 웅크리고 숨만 쉬고 있다. 아무리 말을 걸어도 듣지도 않아."

"……."

"아무튼, 방금 무슨 심각한 말을 하려고 한 거지?"

그때 운정이 그를 돌아보며 말했다.

"전 황룡을 역소환하는 법을 정확하게 압니다."

혈적현이 눈살을 찌푸렸다.

"어떻게?"

운정이 말했다.

"천 년 전 이계에서 넘어온 현자. 그의 과거를 알았습니다. 그가 무슨 주문을 썼는지도 알았으며, 그 마법을 통해서 어떻게 신이 되려고 하는지도 알았습니다. 막연한 추측도 더러 있어서 직접 황룡의 상태를 보고 제 생각을 확인하고 싶습니다."

"……"

"……"

"……"

셋은 말없이 서로 시선을 주고받았다.

그러다가 피월려가 툭 하니 말했다.

"난 그를 믿는다. 전에 한 번 보여 줬었다며. 이번에 보여 준다고 다를 게 있나?"

혈적현은 고개를 끄덕였다.

"네가 그렇게 말한다면… 좋다. 운정 도사, 나와 함께 가지. 제갈극, 넌?"

"나도 가겠느니라. 알고 싶군, 무엇인지."

혈적현과 제갈극 그리고 운정은 피월려에게 뒤를 맡기곤 전에 들렀던 창고로 향했다.

그 문 뒤로는 지하로 향하는 계단이 끝없이 이어졌다. 이를 밟고 내려가자 전과 똑같이 은은한 연초록빛이 일었고, 그것은 넓디넓은 지하 동공을 미약하게나마 밝혀 주었다.

계단을 모두 내려온 그들은 중앙에 섰다. 운정은 영령혈검을 들어 은은한 빛을 냈지만, 그 빛은 얼마 뻗지 못하고 어둠에 먹혀 버렸다. 하지만 운정은 마치 모든 것이 보이는 듯 사방을 두리번거렸다.

그러곤 그 중앙을 지그시 바라보며 말했다.

"중원으로 넘어온 현자는 파인랜드에서 엘프라는 종족의 디사이더라는 개체였습니다. 디사이더는 태생적으로 초월적인 지성을 지녔기에 의지를 의지하는 것이 가능했지요. 다만 아쉬운 것은 그 과도한 지성 때문인지, 수명이 극히 짧아 십년을 넘기 어렵습니다. 모종의 이유로 마법을 배우게 된 그는 그 짧은 수명의 문제를 해결하고 싶어서 처음 리인카네이션 스펠을 만들었을 겁니다. 부활 주문이지요."

"……"

"……"

"부활 주문이 성공하기 위해선 임의적인 목적을 설정해야 합니다. 제 생각엔 그가 설정한 목적은 생존 그 자체가 아니었나 싶습니다. 그렇기에 그는 수명에 집착했고, 그것을 좇은 끝에 결국 신이 되기로 한 겁니다. 다른 말로 하면 불멸이지요."

"……."

"……."

"이후에도 마법을 익힌 그는 부활 주문을 더욱 발전시켜 나갑니다. 그리고 수명을 늘릴 획기적인 방법을 한 가지 고안해내지요. 바로 새로운 지성체로 거듭나는 것입니다. 마치 애벌레가 나비가 되듯 변화하는 것이지요. 그는 결국 강력한 지성을 뿌리 삼아 트렌센던스가 되는 악마 소환 주문을 만들고 이를 실험하기 시작합니다."

"……."

"……."

"중원에선 마족, 그리고 파인랜드에선 데빌이라 불리는 존재는 그렇게 태어났습니다. 그들은 태어난 순간부터 끊임없이 마나를 갈구합니다. 이 별을 떠나기 위함이지요. 충분히 별의 마나를 먹으면 하늘을 뚫고 다른 별로 이동하는데, 진실은 이와 조금 다릅니다. 그들 스스로가 별이 되는 겁니다. 영원불멸한 하늘의 천체가 되어서, 한 종족의 신이 되는 것이지요. 물론 그것에 성공한 마족은 없었습니다. 애초에 주문이 미완성이니까요."

"……."

"……."

"이를 다방면으로 연구한 현자는 악마 소환 주문을 완성형으로 발전시킵니다. 그리고 스스로에게도 직접 주문을 걸겠다고 결단할 때쯤 깨닫습니다. 파인랜드에는 그의 실험으로 인해서 이미 마족이 많이 발생했고, 때문에 마나가 너무 부족한 겁니다. 그래서 그는 아직 마나가 풍족한 이 중원으로 넘어옵니다. 차원이동 주문도 그때 고안한 것이겠지요."

"……."

"중원으로 넘어온 그는 이제 신이 될 준비를 합니다. 하지만 불멸을 가능케 하는 악마 소환 주문은 마법에 통달한 그조차도 감당할 수 없는 수준이었을 겁니다. 마법사가 자신의 수준을 넘어선 마법을 펼치는 가장 좋은 방법은 바로 세월을 이용하는 것이지요. 그렇기에 그는 천 년에 가까운 시간 동안 황룡이 될 준비를 합니다. 이무기가 용이 되기 위해선 천 년이 걸린다는 전설을 이용하여 마족 소환 주문의 완성형을 만든 것이 아닌가 합니다."

"……."

"……."

"하지만 문제가 있습니다. 그가 천 년에 걸쳐 황룡이 되는 동안 혹시라도 마법이 중원에 흘러들어오게 되면? 그러면 그가 사용해야 할 마나가 파인랜드처럼 점차 사라질 겁니다. 최악의 경우, 중원에서 마족이 생겨나면 그가 미처 쓰기도 전에 마나가 고갈되겠지요. 때문에 그는 사방신을 굴복시켜 수호신으로 삼습니다. 그리고 차원의 벽을 세워 마법과 마족이 들어오지 못하도록 합니다."

"……"

"……"

"그뿐입니까? 무공이라는 새로운 방식의 마나를 이용하는 기술을 정립하고 무당과 화산의 시초를 안배하여 중원에 무공이 자리 잡도록 합니다. 무공은 마법과 다르게 마나를 소멸하지 않지요. 중원에 무공이라는 기술이 자리 잡고 있으면 마법 같은 기술이 중원에 등장하기 어려울 테니까요."

"……"

"……"

"공기라는 단어를 모르고 바람이란 단어만 안다면, 공기를 이용하는 기술을 생각해 내기 어렵지요. 마찬가지로 마나라는 단어를 기(氣)라는 단어로 대체하고, 선형적인 세계관을 음양사상을 통해 원형으로 만들어, '흐름'이라는 사상을 머릿속 깊이 주입하면, 마나를 소멸시키는 마법 같은 기술을 발명하지 못하리라 생각했지요."

"……."

"……."

"하지만 거창한 계획일수록 그대로 진행되지 않는 법입니다. 바람을 바라보며 공기를 상상할 수 있는 창의력을 지닌 사람들이 나타나게 마련이지요. 신이 되기 위해서 그토록 철저하게 준비하고 또 준비했지만, 결국 이 중원 땅은 천마라는 인물을 배출합니다. 그는 아마 전쟁신이였던 사방신이 어느 날 갑자기 수호신이 된 것에서부터 부자연스러움을 느꼈겠지요. 그 빈틈을 파고든 끝에 그는 모종의 방법을 통해서 현무를 죽음에 고정하고 그 힘을 마음껏 쓸 수 있게 되었을 겁니다."

"……."

"……."

"그렇게 처음 차원의 벽은 흔들렸습니다. 그리고 또다시 주작으로 인해서 그리고 백호로 인해서 점점 얇아져 지금과 같은 상황이 되었지요. 황룡을 섬기는 청룡은 이를 두고 볼 수 없었습니다. 아마 현자는 이것까지도 염두에 두고, 드래곤의 특성을 이용하여 청룡의 권속들에게 마법이 통하지 않게 만들었지 않나 싶습니다. 천 년의 세월 동안, 현자를 방해할 자들은 결국 마법사들일 테니까요."

"……."

"……."

"부활 주문, 악마화 주문, 악마 소환 주문, 중원의 현자, 엘프의 디사이더, 현자, 마법, 무공, 용아지체, 역혈지체, 사방신, 차원의 벽. 그 모든 것… 그 모든 것이 이렇게 연결되리라 전 추측했습니다. 그리고 지금 저 눈앞에 있는 황룡을 바라보니, 그 추측이 맞다는 확신이 듭니다."

"……."

"……."

운정은 고개를 돌려 제갈극와 혈적현을 번갈아 보았다.

"황룡에 내제된 주문. 다시 말하면 황룡을 환세케 하는 주문은 마족 소환 주문보다 더욱 진보된 것임은 물론이며, 그뿐만 아니라 천 년의 세월을 머금고 있어 어떠한 방법으로도 완전히 역소환할 수 없습니다. 현재는 태학공자의 진법으로 멈추어 놨지만, 이도 잠깐뿐입니다. 황룡은 결국 중원의 모든 기와 모든 인간을 대가로 바치고 신이 될 겁니다."

지금까지 묵묵히 이야기를 듣고 있었던 혈적현이 툭 하니 말했다.

"사실 믿기 어려운 부분들이 꽤나 많다. 특히 무공 자체를 그 현자라는 자가 만들었다니. 그리고 그 이유가 마법을 배제하기 위함이다? 그뿐만이 아니다. 황룡이 환세하면 모든 인간이 죽는다는 그 말이, 정녕 사실이라는 것이냐?"

운정이 대답하기 전 제갈극이 말을 덧붙였다.

"네가 해 준 이야기가 단순히 억측은 아니겠지? 근거들은 무엇이더냐?"

운정은 방긋 웃더니 말했다.

"일단 여기서는 나갈까요?"

그 후, 셋은 지하 공동에서 나왔다.

공간 마법진 쪽으로 걸어가며 운정이 그들에게 설명했다.

"제가 마족 소환 주문을 알고 있습니다. 또한 오딘 아이로 보아, 저 황룡 내부에 있는 주문이 무엇인지 알 수 있지요."

"결국 네 생각뿐인 것이냐?"

운정은 고개를 저었다.

"아닙니다. 그건 제가 제 추측이 사실이라 확신을 하게 된 계기일 뿐이고, 처음 추측을 할 수 있었던 건 다양한 근거들이 있었기 때문입니다. 중원을 넘어오기 전 보았던 현자가 남긴 자료들을 통해서 마족 소환 주문이 어떻게 만들어지고 연구되었는지 알 수 있었습니다. 또한 현자라는 이름은 본래 Gausewike로, 엘프의 디사이더를 뜻한다는 점도 알고 있지요. 화산파와 무당파의 시조가 같을 수도 있다는 점과 그걸 넘어서 그가 중원으로 넘어온 현자일 수도 있다는 추측도 이와 별개로 전에 이미 했던 것입니다. 그가 전쟁신인 사방신을 수호신으로 만들었고, 또 그 목적이 중원의 기를 보존하기 위함이라는 것도 이미 예상한 것이었고요. 물론 거칠게 추측한 부분들도 있습니다. 드래곤을 이용하여 청룡의 권속을 마법에 면역으로 만들었다는 점이나, 무공을 통해서 마법이 자라나지 못하도록 했다는 점은 근거가 조금 부족합니다. 그런 세세한 점들은 틀릴 수도 있습니다. 하지만 큰 틀에서 봤을 때에 맥락은 제가 말씀드린 것과 같을 겁니다."

혈적현이 운정에게 물었다.

"그래서 그 큰 틀만 짧게 정리하면?"

운정이 잠시 생각을 정리한 뒤 말했다.

"현자는 신이 되고자 중원에 넘어와서 수많은 안배를 하고 천 년에 세월을 거쳐 황룡으로 거듭나려 한다. 이에 소비되는 것은 중원의 기와 중원의 인간이다. 여기까지입니다."

"흐음, 흐음, 흐음."

혈적현은 몇 번이나 침음을 냈다. 뭔가 말을 하려고 입을 열었다가도 닫기를 반복했다.

그는 곧 고개를 절래절래 흔들더니 제갈극을 보았다.

"복잡하기 짝이 없군. 그냥 심검으로 황룡을 베면 어떠냐? 진설린을 분리할 순 있다며?"

제갈극은 어이없다는 듯 말했다.

"내가 말했지 않느냐? 그건 어디까지나 최후의 최후의 최후의 수단이니라. 그걸로 쉽게 해결되었으면 진작 했지. 이야기

못 들었느냐? 천 년의 세월을 바쳐서 만들어진 황룡이다. 물론 심검이야 황룡을 죽이겠지. 하지만 최악의 경우, 천 년의 세월 동안 황룡과 마법적으로 엮여 버린 인간이 모조리 같이 죽거나 하면 어쩌려고?"

혈적현은 심드렁하게 말했다.

"짜증 나서 그래, 짜증 나서. 뭐 이리 복잡한지. 이에 비하면 기계 공학은 아무것도 아니로군."

"......"

그는 곧 한숨을 쉬더니 운정에게 말했다.

"그래서. 어쨌든 해결할 수 있다는 말이오?"

운정은 고개를 살짝 끄덕였다.

"말씀드렸다시피 황룡을 역소환하는 것은 불가능한 것이지만, 불가능한 것을 가능케 하는 방법이 제게 있습니다. 이를 이용하면 가능할 겁니다."

혈적현이 물었다.

"이젠 그게 무엇인지 말해 줄 수 있나?"

운정이 잠시 뜸을 들였다가 이내 대답했다.

"더 세븐입니다. 더 세븐을 모두 가진 자는 마법 그 자체를 가진 것과 같아, 불가능한 것을 가능케 할 수 있습니다. 네크로멘시 학파의 마스터 고바넨에겐 그 마지막 세븐인 월지가 있습니다. 다른 여섯 개는 이미 제게 있으니, 월지만 가진다면 가능합니다."

"흐음, 그래?"

"하지만 문제가 있습니다."

그 말에 제갈극은 순간 눈치챘다.

"정밀해를 주는 대가로 역소환 주문을 연구해 달라고 했던 거… 그것과 연관이 있느냐?"

이에 혈적현도 뭔가 알겠다는 듯 말했다.

"목숨이 위험하다는 그것 말이로군?"

운정은 고개를 끄덕이며 피월려에게 해 주었던 말을 했다.

"지금 제겐 두 가지 인격이 있습니다. 하나는 부활 주문의 근본이 되었던 인격으로 엘프인 임모라라고 합니다. 그리고 또 다른 하나는 이 육신의 본 주인이며 인간인 운정입니다. 문제는 이 둘의 기억이 뒤섞이고 있어, 정체성의 혼란이 가중되고 있다는 점입니다. 점차 시간이 지남에 따라 운정으로서의, 아니, 저로서의 인격이 희미해지고 임모라의 인격이 강해지고 있습니다. 가까스로 제 정체성을 붙들고는 있습니다만 이것이 얼마나 갈지는 모릅니다."

"……."

"……."

"제가 태학공자께 요구한 마족 소환 주문에 대한 연구는 다름 아닌 지금 제 상태를 연구해 달라는 의미였습니다. 부활 주문과 마족 소환 주문은 물론이고 무당파의 무공으로 인한 영향까지, 제 상태는 지금 한없이 복잡합니다. 이를 해결할 수 있는 분은 오로지 태학공자님뿐입니다."

혈적현이 물었다.

"무슨 뜻인지 대강 알겠다. 그 불안정한 정체성을 가진 채로 황룡의 환세를 막는, 아니, 역소환하는 그 일을 할 수 있을지 모르겠다는 것이로군."

운정은 고개를 저었다.

"그보다는 지금보다 더 늦기 전에, 빠르게 해야 한다는 뜻입니다."

제갈극이 물었다.

"그 불가능한 것을 가능케 하는 방법. 그것이 더 세븐을 모으는 것뿐이라면 굳이 네가 할 필요는 없지 않겠느냐?"

"제가 할 수밖에 없습니다. 저 스스로가 엘리멘탈 킹이라는 더 세븐 중 하나이기 때문입니다. 이는 네 엘리멘탈을 모두 다루는 자를 뜻합니다. 더 세븐이 꼭 물건이라는 법은 없습니다."

이에 혈적현이 다시 물었다.

"그럼 우선 태학공자가 운정 도사의 상태를 고치면 되지 않나?"

운정은 고개를 저었다.

"그것도 안 됩니다. 만약 태학공자가 성공한다 해도 임모라의 인격을 저한테서 먼저 제할 경우, 전 지금과 같은 수준을 유지할 수 없습니다. 특히 마법에 관한 부분은 임모라의 지식과 기억에 크게 의존하고 있습니다. 그의 기억과 지식이 없다면, 황룡을 역소환하는 작업을 돕는 건 불가능하겠지요."

둘은 서로를 바라보았다가, 운정에게 다시 고개를 돌렸다.

"얼마나 남았지?"

"얼마나 남았느냐?"

운정은 잠시 고개를 숙였다.

그러곤 나지막하게 말했다.

"제 예상으로는, 아마 삼 일 정도로 봅니다. 삼 일 뒤에는 아마 전 스스로를 임모라라고 생각하겠지요."

"……."

"……."

둘은 충격을 받은 듯 가만히 운정을 보았다.

운정은 애써 웃더니 말했다.

"그러니, 그 전에 해야 합니다. 그런 의미에서 말씀드리는데, 잠시 파인랜드에 다녀오려는데 괜찮겠습니까? 스페라까지 불러서 일을 최대한 빠르게 끝내야 할 듯합니다."

혈적현은 잠시 대답하지 못하는데, 제갈극이 말했다.

"쿨다운에 필요한 시간은 한 시진이다. 그 안에 다녀오길 바란다."

"그 정도면 충분합니다."

혈적현이 말했다.

"알겠다, 운정 도사. 그런데 가기 전에 하나 부탁해도 될
까?"

운정이 고개를 끄덕였다.

"무엇을 말입니까?"

"박소을의 정신 상태가 말이 아닌 것 같아서. 파인랜드로
떠나기 전에 무당파의 정순한 선기로 그 내부를 한 번 돌봐
주었으면 좋겠다. 정신을 일깨우는 데 정순한 선기만큼 좋은
건 없으니까."

"그야 어렵지 않지요. 알겠습니다."

그들은 다시금 공간 마법진에 도착했다.

박소을은 기계 밖으로 나와 햇빛 아래 있었다.

운정은 그에게 다가가 말했다.

"잠시 몸을 회복시켜 드리겠습니다."

박소을은 일절 반응이 없었다.

운정은 박소을의 손목을 잡고 살짝 내력을 넣어 그 몸을
탐색했다.

그의 육신은 뱀파이어 특유의 극음의 상태였으나, 그 안에
미약한 양기가 숨어 있었다.

운정은 그것이 자신의 기운임을 알 수 있었다. 과거 은허의 지하에서 부활 주문을 걸며 그가 불어넣었던 것이다.

가공된 정신을 뱀파이어의 특성을 지닌 육신에 넣는 것.

이것은 다른 육신에 정신을 넣는 부활 주문이 아니라 썩어 가는 자기 몸을 다시 살려서 정신을 유지하는 부활 주문이다. 다시 말하자면, 인간이 아닌 엘프에게 맞는 것이기에, 그가 무의식적으로 이를 고쳐 냈었던 것이다.

운정은 제갈극을 흘겨보았다.

"이 덕에 태학공자도 그림자 없이 태양 아래에서 있을 수 있군요."

제갈극은 입술을 내밀었다.

"앞으로 번식을 생각해야 하니, 뱀파이어의 몸을 가지고 있을 순 없지 않느냐? 그자에게 실마리가 있는 듯하여, 연구했었다. 역시 네가 한 일이로구나."

운정은 고개를 끄덕인 뒤, 다시 박소을에게 집중했다.

그는 선기를 그 몸에 불어넣어 양기를 돋워 주며 활력을 넣었다.

"으아아아! 아악!"

박소을은 눈을 번쩍 뜨더니, 곧 주변을 마구 두리번두리번거렸다.

그러더니 그는 곧 뭔가 생각난 듯 멍청한 표정을 짓다가 이

내 울음을 터트렸다.

"흐흑, 흐흐윽, 흐으윽, 흐흐으윽."

혈적현은 그 모습에 화가 난 듯 얼굴을 일그러뜨렸다. 그에게 다가와서는 멱살을 틀어쥐었다. 그러자 눈물을 흘리던 박소을이 금세 공포에 질린 표정을 했고, 혈적현은 그에게 으르렁거리듯 말했다.

"자, 이제 말해 보시오. 박 박사, 무슨 일이오, 대체?"

박소을은 사시나무 떨듯 몸을 떨다가, 이내 고개를 축 늘어뜨리며 말했다.

"전 고향으로 도, 돌아갈 수 없습니다. 돌아갈 수 없어요. 여, 여기가 이미 제 고향이란 말입니다! 이미 돌아왔단 말입니다, 크흑."

"......"

"이건, 이 기계는 별 사이를 이동하는 그런 게 아닙니다. 그저 오랜 시간 동안 사람을 가사 상태에 빠트리는 장치에 불과합니다. 저, 저는 그저 오랫동안… 크흑. 그저 대기권 위를 떠돌다가… 인류의 유산으로… 그저 저기서… 그저… 크흑, 흐흑, 흐으윽."

그는 다시금 울음을 터트렸다.

"참 나, 이거 원."

혈적현은 결국 그를 놔줄 수밖에 없었다.

박소을은 그대로 허물어지더니 땅바닥에 주저앉아 대성통곡을 했다.

운정은 그를 위로하고 싶었으나, 해야 하는 일이 너무 많았다.

그는 혈적현에게 포권을 취하며 말했다.

"금방 다녀오겠습니다."

혈적현은 짜증 나는 감정을 가까스로 참아 내고는 말했다.

"알겠다. 이따 보지."

운정은 그 자리에서 사라졌다.

그때 공간 마법진 건물에서 피월려가 슬쩍 고개를 내밀었다.

"설마, 박소을이 울고 있는 거야?"

혈적현은 양손으로 박소을을 보라는 듯 가리키더니 허무하다는 듯 말했다.

"차라리 옛날이 더 좋았어."

*   *   *

운정은 전에 파인랜드에서 가져온 빈 마나스톤을 두었던 산꼭대기로 향했다.

그곳엔 풍부한 중원의 마나를 가득 머금은 마나스톤들이

아름다운 빛깔을 냈다. 비어 있었을 땐 어둡고 투박한 색이었는데, 지금은 각자의 이름에 걸맞게 적색부터 자색까지, 수십 개의 무지개를 그렸다.

운정이 왼손을 움직여 바람을 일으키자, 마나스톤들이 모두 공중에 떠올랐다. 그가 경공을 펼치자 마치 기나긴 꼬리처럼 그의 뒤를 쫓았다.

동굴 입구를 통해서 카이랄에 도착한 운정은 레저렉션 펜던트를 꺼냈다. 그리고 그것을 통해서 스페라를 불렀다. 이후 공간이동 마법을 펼쳐, 그의 뒤를 따라온 마나스톤들을 NSMC로 보냈다.

그때 하나의 HDMMC에서 알테시스가 나왔다.

운정은 그를 보자마자 그의 수준을 알 수 있었다.

"축하드립니다. 그랜드위저드에 이르셨군요."

알테시스는 포권을 취하며 말했다.

"마스터 운정의 가르침 덕분입니다. 다른 세 명도 이제 찬찬히 그랜드위저드에 이르지 않을까 합니다."

"아닙니다. 제가 드린 깨달음이 도움이 되었다니 다행이군요."

"……."

알테시스는 말없이 그의 앞에 섰다.

그리고 곧 굳은 표정으로 무릎을 꿇었다.

운정은 그것이 무엇을 뜻하는 것임을 잘 알았다.

"설마 신무당파의 제자가 되고자 하십니까?"

알테시스는 고개를 숙인 채로 말했다.

"마스터 운정께서는 제가 도움을 바랄 때도 거절치 않으셨습니다. 보호를 바랄 때도 거절치 않으셨습니다. 연합을 바랄 때도 거절치 않으셨습니다. 그리고 의존을 바랄 때도 거절치 않으셨습니다. 그뿐입니까, 제 평생 염원이었던 그랜드위저드에 이를 수 있도록 결정적인 도움을 주셨습니다. 이 수준에 올라오니 더욱 확실해졌습니다. 마스터 운정께서 주신 깨달음과 신무당파의 HDMMC가 아니었다면, 절대로 홀로 그랜드위저드가 될 수 없었을 겁니다."

"……."

"이미 다른 세 명과도 이야기가 됐습니다. 마스터 시아스에게 이야기하니, 마스터 운정께 직접 이야기하라고 하셨습니다. 그래서 이렇게 말씀드리고자 하는 것입니다."

운정은 그를 보다가 딱딱하게 물었다.

"신무당파의 제자가 된다면 네크로멘시 학파의 이름을 버리셔야 합니다. 괜찮으시겠습니까?"

알테시스는 고개를 끄덕였다.

"마스터 멕튜어스께서는 시체를 다루는 것이 저희의 정체성이라 가르쳤습니다. 그러나 마스터 운정께서는 그것이 한낱 수단에 불과하다 가르쳤지요. 저와 다른 세 명은 마스터 멕튜어스의 말씀보단 마스터 운정의 말씀에 더욱 깊이 공감했습니다. 어떤 의미에선 마스터 운정의 뜻이 마스터 멕튜어스의 뜻을 내포한다고 생각했습니다."

"……."

알테시스는 고개를 들고 운정을 똑바로 올려다보았다.

"마스터 운정, 오로지 필요에 따라서 도움을, 보호를, 연합을, 의존을 바랬던 염치없는 저희를 신무당파의 제자로 받아 주실 수 있습니까?"

운정은 차분히 그를 내려다보며 말했다.

"솔직히 말씀드리지요. 전 네 분이 다 그랜드위저드가 되면 신무당파를 떠날 수도 있겠다고 생각했습니다."

알테시스는 고개를 더욱 조아렸다.

"맞습니다. 사실 그럴 생각이 없진 않았습니다. 자생할 힘을 갖추고 나면, 저희만의 세력을 구축하는 것이 좋겠다는 말도 있었습니다."

운정이 나지막하게 말했다.

"역시 그랬군요. 그런데 왜 생각을 바꾸셨습니까?"

알테시스는 잠시 동안 말이 없었다.

운정은 차분히 그를 기다려 주었고, 알테시스는 조용히 대답했다.

"마스터께서 곧 신무당파를 통해 어둠의 학파를 모두 평정하겠다는 말을 들었습니다. 때문에 어차피 숨을 곳은 없으리라 생각합니다."

운정은 나지막하게 말했다.

"그렇다면 신무당파의 제자가 되겠다는 건, 제가 베푼 은혜를 갚겠다는, 선한 이유 때문만은 아니로군요."

알테시스가 감정이 섞이지 않은 목소리로 설명했다.

"그것만으로 움직이기에는 제 어깨에 실린 책임이 너무 무겁습니다. 하지만 제가 말한 것 중에 거짓은 없습니다. 마스터 운정의 말씀에 더욱 공감한다는 것. 그리고 베풀어 주신 은혜에 감사하고 있다는 건 명백한 진실입니다."

"……"

"만약 제 마음에 불손함이 있어 받으실 수 없다면, 다른 셋이 그랜드마스터가 될 때까지 기다렸다가 신무당파를 떠나도록 하겠습니다. 하지만 저희는, 제가 약속한 대로, 신무당파의 규율 내에서 학파의 강령을 만들 것이며, 신무당파에서 마법적으로 필요로 하는 도움을 무조건적으로 드릴 것입니다."

솔직하고 대담한 태도.

자신의 모든 마음을 털어놓고 상대방의 대답을 고요히 기다리는 그 모습은 지극히 겸손하면서도 단단한 자신감이 있었다.

운정은 미소를 지었다.

"제자가 되면 이를 다시 되돌리기 어렵습니다. 정녕 제자가 되길 바랍니까?"

알테시스는 크게 외쳤다.

"예, 마스터 운정."

운정은 고개를 돌려 왼쪽을 보았다.

"어떻습니까, 스페라?"

언제부턴가, 스페라가 한쪽에 서서 이 광경을 지켜보고 있었다.

그녀는 팔짱을 꼈다.

"솔직히 마음에는 안 들어. 하지만 뭐, 네가 받겠다면야. 어쩔 수 없지. 그리고 순수한 마음이 아닌 건 우리도 마찬가지잖아? 깊이를 알 수 없는 어둠의 학파 전부를 평정하려면, 어둠의 학파에 대해서 잘 아는 알테시스의 도움이 필요할 테니까."

이에 알테시스가 고개를 숙인 채로 말했다.

"그에 관해선 저희를 제자로 받아 주지 않으셔도 성심성의껏 도와드릴 것입니다. 그와는 별개로 저희들의 진의를 헤아려 주십시오."

스페라는 짧은 고민 끝에 고개를 한 번 끄덕였다.

그녀가 동의하자, 운정은 알테시스에게 고개를 돌리고 그

머리 위에 손을 얹었다.

"알테시스, 이 시각 이후로 널 신무당파의 제자로 받아들이겠다. 너를 대표로 네크로멘시 학파에 소속된 다른 세 마법사들 또한 신무당파의 제자가 될 것이며, 너희는 더 이상 네크로멘시 학파로 불리지 않을 것이다. 너희는 이제부터 신무당파의 제자다."

알테시스는 고개를 들었다.

진중한 눈빛 속에는 잔잔한 감동이 있었다.

그가 포권을 취했다.

"예, 마스터."

운정이 더욱 깊은 미소를 지었다.

"아직 신무당파는 그 틀이 완벽히 잡히지 않은 상태다. 후대를 위해서, 무공이 아닌 마법에 관한 제도를 만들어 정립해 놓아야겠지. 그런 의미에서 나와 엘더 스페라 그리고 마스터 시아스가 회의하는 중에, 특별히 너도 참석하게 하여 네 의견을 피력할 수 있도록 허락하겠다. 그 회의에서 정해진 모든 제도는 앞으로 너의 길을 따르는 모든 신무당파 마법사의 기준이 될 것이다. 후대의 제자들이 네가 하는 모든 생각과 행동을 지켜본다는 마음가짐으로 신중에 신중을 기하도록 해라."

알테시스는 다시금 고개를 숙였다.

"예, 마스터."

스페라는 팔짱을 풀고는 머리 뒤로 올렸다.

"시아스가 또 골치 아파하겠네. 새로운 직책들을 만들어야 할 테니까."

"신무당파라고 해서 부패하지 말란 법은 없지요. 무공과 마법이라는 두 기둥을 만드는 것도 나쁘진 않을 듯합니다. 모든 제자가 둘 다 배우는 것을 기본으로 하되 말입니다."

"흐음, 그래? 뭐, 아무튼 제도적인 건 시아스랑도 더 논해 보자고."

"예."

"그나저나 날 부른 이유는 뭐야? 날 여기로 부른 걸 보면, 중원의 일이 끝난 건 아닌 거 같은데?"

그때 알테시스가 분위기를 대강 눈치채고는 자리에서 일어나며 말했다.

"마스터 운정, 전 그럼 이만 신무당파로 돌아가서 앞으로 신무당파가 어둠의 학파를 평정하기 위한 로드맵을 한번 만들어 보겠습니다."

이에 운정이 고개를 끄덕였다.

"좋다. 부탁한다, 알테시스."

알테시스는 다시금 포권을 취하고는 공간이동으로 사라졌다.

그가 사라지는 것을 확인한 스페라는 얼른 운정에게 뛰어

오더니, 그의 품에 안겨 버렸다.

"그놈 참 눈치가 빠르네. 괜찮아."

"하하하."

스페라는 운정의 가슴에 얼굴을 비비더니 곧 나지막하게 말했다.

"그래서, 내가 뭘 도와줄까?"

운정은 고개를 살짝 숙여 그녀를 내려다보며 말했다.

"델라이의 일은 어떻습니까? 괜찮습니까?"

스페라는 미소 지었다.

"어디선가 갑자기 마나를 가득 품은 수많은 마나스톤들이 NSMC로 공간이동했지 뭐야? 그 정도 마나스톤이면 아마 근 백 년 동안 땅에서 채굴한 것보다 더 많을걸? 그게 있으면 굳이 내가 없어도 될 거야. 그 정도까지 해 줬는데, 이제 알아서 해야지."

"하하하, 그런가요?"

스페라는 자신의 농담에 반응하는 운정의 미소가 어딘가 허무한 것을 느꼈다.

그녀는 그의 품에서 살짝 벗어나 그를 똑바로 올려다보며 말했다.

"괜찮아?"

운정은 힘없이 웃어 보이더니, 스페라를 지나쳐 한 나무뿌리로 가서 걸터앉았다.

그는 한숨을 쉬고는 나지막하게 대답했다.

"생각보다 임모라의 인격이 강합니다. 마법을 쓸 때, 그의 기억을 떠올려야 하는 경우가 많아서 더 심해진 듯해요."

스페라는 운정을 따라서 옆에 앉았다.

그러곤 걱정스럽다는 표정을 지었다.

"괜찮은 거지? 왜 정체성의 문제를 해결하기 전에 뭔가 해야 한다고 했잖아? 그건 잘되어 가?"

운정은 고개를 끄덕였다.

"아마 곧 할 수 있을 겁니다. 문제는 그때까지 제 인격이 버텨 줄지 모르겠습니다."

"얼마나 남았는데?"

"대략적으로 삼 일입니다."

스페라의 두 눈이 휘둥그레졌다.

"삼 일이라고?"

"예. 그 안에 일을 끝마칠 수 있을지 모르겠습니다."

스페라는 자리에서 벌떡 일어났다.

"아니, 아니, 왜? 왜 그 일을 먼저 끝내야 하는데? 일단 임모라의 인격부터 어떻게 하자고. 응? 방법이 다 있다며?"

운정은 고개를 저었다.

"물론 방법은 있습니다만, 지금 하는 일을 건너뛸 순 없습니다."

"왜? 왜 그런데? 지금은 들어야겠어. 삼 일이라니. 얼른 말해 봐. 정확히 무슨 일이 일어나고 있고, 또 너는 무슨 일을 하려는 건지, 전부 다."

운정은 고개를 살짝 숙이고는 생각을 정리했다.

그러곤 나지막한 목소리로 설명했다.

"임모라의 인격과 제 인격은 따로따로 분리되어 있는 것이 아닙니다. 그 뿌리와 근본부터 어느 정도 섞여 있습니다. 이를 분리해 내기 위해선, 우선 마(魔)를 참회해야 합니다."

"마?"

"그렇습니다. 제 몸속에, 아니, 제 영혼 속에 내재된 마의 뿌리는 임모라의 인격에 부여된 부활 마법에서부터 그 근원을 두고 있습니다. 전 어미의 배 속에서부터 임모라란 그릇 위에서 태어났지요. 어찌 보면 임모라의 마성 덕분에 제가 살 수 있던 겁니다."

"······."

"그러니 제 마음에 조금이라도 마가 남아 있다면, 이는 곧 임모라의 영혼과 연결되어 있는 것입니다. 그 마로 인해서 제 두 눈동자가 연보랏빛이 될 때마다, 그의 기억이, 또는 그의 인격이 절 사로잡겠지요."

스페라는 인상을 찡그렸다.

"너 근데, 이미 마를 제거한 거 아니었어? 등 뒤에 있는 영 령혈검이 그 마잖아?"

운정은 고개를 저었다.

"백도에서 말하는 마를 제거한다는 것은, 마를 직시하고 참 회한다는 것입니다. 이렇게 몸의 외부로 꺼내어 두는 걸 말하 는 것이 아닙니다."

스페라는 눈초리를 모았다.

"너의 그 마는, 무엇 때문에 생긴 것인데?"

운정은 힘없이 대답했다.

"한 여인을 죽였습니다. 정의를 위해서도 아닙니다. 심지어 개인적인 복수를 위함도 아닙니다. 그런 살인은 그나마 정당 성이 있지요. 하지만 제가 저지른 살인은 그저 쾌락을 위한 것이었습니다. 우월함을 표현하고자 한 것이지요. 그것은 변 명의 여지가 없습니다."

스페라는 떨리는 목소리로 말했다.

"주, 죽였다고? 그, 그걸 어떻게 참회할 수 있는데?"

운정이 그녀를 올려다보았다.

"그래서 백도에선 살인을 금합니다. 살인은 용서받아야 할 대상자를 죽이기에, 어떠한 방법으로도 용서받을 수 없기 때 문입니다. 때문에 살인으로 인해 생긴 마는 아무리 스스로를 동굴에 가두고 금식하며 참회한다 할지라도, 그 크기를 한없이 줄일 수 있을 뿐, 없앨 수는 없습니다."

"……."

"하지만 놀랍게도 제겐 수단이 생겼습니다. 이 수단을 이용하면 완전히 참회하는 것이 가능할 것입니다. 그를 통해서 전제 마음속에 남은 마를 제거할 생각입니다."

스페라는 떨리는 목소리로 말했다.

"설마… 너 레저렉션 펜던트를 말하는 거 아니지? 그걸로 네가 죽인 여인을 살리는 거야? 근데 그거 쓰면 넌 죽잖아!"

"……."

스페라는 소리쳤다.

"나랑 같이 살자며? 응? 아이 낳고 오순도순 살 거라며! 근데 그게 무슨 소리야?"

그 말에 운정이 부드럽게 대답했다.

"제가 죽는 것이 아니라 임모라의 인격이 대신 죽는다면, 그럼 전 죽지 않을 수 있습니다."

스페라의 눈동자가 크게 떨리기 시작했다.

그녀는 턱에 손을 가져갔다.

그리고 운정의 앞을 이리저리 왔다 갔다 하며 생각에 잠겼다.

몇 번이고 턱에서 손을 때며 말을 시작하려다가 말고는 다시금 고민했다.

그러다가 결국 입을 열었다.

"그게 근데, 네가 말하는 참회가 되는 거야?"

운정은 눈을 살짝 감았다.

그러곤 말했다.

"임모라가 허락한다면요."

"허락한대?"

운정은 깊게 숨을 들이마셨다.

그리고 설명했다.

"임모라의 인격이 존재하는 이유는 미내로가 건 리인카네이션 때문입니다. 이계로 넘어온 그의 영혼을, 미내로가 리인카네이션 주문으로 살려서 제 몸에 넣은 것입니다."

"응, 응."

"아시다시피 리인카네이션 주문은 하나의 목적을 임의로 설정해야 합니다. 엘프였던 임모라에게 리인카네이션 주문을 걸려면 더더욱 그렇습니다. 그렇다면 미내로가 어떤 목적을 임의적으로 설정했을까요?"

"……."

"사실 임모라의 기억과 인격에 흡수되지 않으면서 그것을 추측하기란 매우 어려운 일입니다. 저는 최대한 제 인격을 유지하는 선에서 임모라의 기억을 엿보았습니다. 떠올리지는 않으면서 상상해 보았습니다. 그리고 대강 그 목적을 알 수 있었습니다."

"그게 뭔데?"

"정확하겐 알 수 없으나, 미내로를 도와주는 것이라 생각합니다."

"도와준다?"

"미내로는 임모라를 위해서 리인카네이션 주문을 세밀하게 공부했고, 데빌로 넘어가지 않으면서 그 전 단계로 머물도록 치밀하게 안배해 놓았습니다. 데빌에겐 이름이란 그 존재 자체이기에, 도교에 신실한 어머니가 저를 배 속에 품었을 때부터 특별한 상황을 만들어 제가 이름을 받지 못하도록 하였지요."

"……."

"이후 무당파에 들어가 마(魔)와는 극상성에 놓인 선공을 익히면서 도명(道名)을 받았기에, 그 이름은 데빌의 것이 될 수는 없습니다. 또한 선공의 수준이 날로 갈수록 높아졌기에, 임모라의 인격은 깨어나지 못하게 된 것입니다. 물론 제 마음속에 마가 들어오기 전까지는 말이에요."

"……."

"미내로는 그토록 준비하고 또 준비하여 임모라를 이 땅, 중원에 다시 살리려 했습니다. 임모라의 기억으로 미루어 살펴보았을 때, 미내로가 임모라에게 어떤 정이 있기에 이토록 치밀하게 그를 살리려 한 건 아닐 겁니다. 그저 자신의 목적을 위해서 크게 쓸모가 있기 때문이지요."

스페라가 이해가 가지 않는다는 듯 물었다.

"그런데 그거랑 임모라가 너를 위해서 죽어 주는 거랑 무슨 관계가 있는 거야?"

운정이 힘겨운 듯 몇 번이고 눈썹을 모았다가 땠다.

"그와 거래하는 것입니다. 그의 목적을 이뤄 주고 그의 인격을, 아니, 영혼을 요구하는 겁니다. 그의 입장에선 그의 생명을 대가로 그의 존재 이유를 이루는 겁니다."

"......."

"그렇게… 하는 겁니다."

운정은 식은땀을 흘리기 시작했다. 이를 악물곤 마치 고통을 버텨 내는 듯했다.

스페라는 얼른 그의 앞에 한쪽 무릎을 꿇고 앉아 그의 얼굴을 쓰다듬었다.

그러자 운정의 떨림이 점차 사그라졌다.

스페라는 그를 물끄러미 바라보다가 말했다.

"임모라가 곧 너고, 네가 곧 임모라니까. 그래서 그게 참회로구나. 너 자신을 바치는 것이니."

운정은 눈을 번쩍 땠다.

그러자 연보랏빛이 그 두 눈에 일렁였다.

그는 최대한 이성을 붙들고 온몸이 힘을 주며 선기를 끌어 올렸다.

그러자 그의 눈에서 연보랏빛이 점차 사라져 갔다.

그는 눈을 겨우 감으며 깊은 숨을 내쉬더니 말했다.

"스페라, 그렇게 말하면 제게 너무 큰 자극이 됩니다."

그때서야 스페라는 자신의 잘못을 깨달았다.

그녀는 얼른 운정의 얼굴을 품에 안으며 말했다.

"미안해, 미안해. 몰랐어, 몰랐다고."

운정은 희미하게 웃으며 그녀의 등을 토닥여 주었다.

"괜찮아요. 괜찮아. 괜찮아요, 스페라."

스페라는 염려스러운 눈길로 운정을 내려다보며 말했다.

"성공할 수 있는 거지? 응? 그런 거지?"

운정은 겨우 고개를 끄덕였다.

"성공할 거예요. 기필코 전 당신과 행복하게 살 겁니다."

스페라의 두 눈에서 눈물이 한 방울씩 흘러나왔다.

그녀는 애써 미소를 지었다.

그들은 말없이 서로의 체온을 느꼈다.

그렇게 감정을 추스른 그녀가 물었다.

"그러면 내가 중원에 가서 도와줘야 할 일은, 그 임모라가 원하는 일인 거지?"

운정은 고개를 끄덕였다.

"그렇습니다. 참으로 어려운 일이기 때문에, 스페라는 물론 알테시스와 알비온까지도 데려가고 싶습니다."

"어떤 건데?"

"궁극적으로는 중원에서 신이 되려는 현자의 주문을 되돌리는 것입니다. 하지만 천 년의 세월에 걸쳐서 시전된 것이라 그것을 되돌리는 건 불가능한 것입니다. 이를 위해서 더 세븐을 모두 모아야 하는데, 현재로서 중원에 있는 네크로멘시 학파의 월지만을 남겨두고 있습니다."

스페라는 두 눈으로 위를 바라보며 말했다.

"흐음, 그럼 네크로멘시 학파 때려잡고, 월지 얻어서, 더 세븐 완성해서, 그 신이 되는 주문을 되돌리고, 이로써 임모라의 목적을 달성 후 그의 목숨을 담보로 네가 죽였다는 그 여인을 되살려서, 네 마를 참회하는 것으로 너의 인격이 안정화되는 거다. 이 말이야?"

이보다 더 명쾌한 설명은 없다.

운정이 고개를 끄덕였다.

"예, 그렇습니다."

스페라는 어깨를 들썩였다.

"쉽네. 그럼 알비온하고 알테시스 만나러 가 보자고."

"전 바로 중원으로 돌아가야 합니다. 그러니 스페라께서 따로 사람들을 NSMC로 모아서, 한 번에 차원이동하는 것이 좋을 것 같습니다. 애들레이드 왕비에게 부탁해 보십시오. 이건 제 개인적인 부탁이 아닌 천마신교의 요청이라고 할 수 있으니, 외교적으로 봐야 할 것입니다."

"그래? 알겠어. 흐음, 아쉽게도 많이는 못 가겠네."

"아, 갈 수 있습니다. 중원에 더 서클을 완성해 두었거든요."

스페라는 입을 살짝 벌렸다.

"더 서클을? 중원에? 아, 맞아. 월지 빼고는 다 준비했다고 했지?"

운정이 웃었다.

"NSMC와 더 서클의 차이는 닫힌 구체 공간의 경계에 속한 시공간 흐름의 지배 방정식의 정밀해를 넣느냐 마느냐의 차이더군요. 롬에서 그걸 보았기에, 다행히도 적용할 수 있었습니다. 그러니 최대한 많이 데려오시면 좋습니다."

스페라의 두 눈에선 근심을 더 이상 찾아볼 수 없었다.

그녀는 퉁명스러운 목소리로 말했다.

"뭐야, 어디서부터 어디까지 준비한 거야?"

운정은 그녀의 머리를 쓰다듬으며 말했다.

"스페라가 제게 왕가의 서재의 책들을 보여 주지 않았다면 생각지도 못했을 겁니다. 다 스페라 덕분이에요."

스페라는 잠시 얼굴을 붉히더니 기어가는 목소리로 말했다.

"아, 뭐, 그래. 알았어."

운정이 그녀를 사랑스러운 눈길로 보다가 곧 그녀에게 가까이 다가갔다.

스페라의 얼굴이 점차 붉어졌지만, 그녀는 그 자리 그대로 운정을 피하지 않았다.

입술은 포개지고, 남녀는 서로의 생기를 느꼈다.

운정이 입술을 떼고는 말했다.

"잠시 제자들을 만나고 싶습니다. 삼 일 동안 제 인격을 유지하려면 그들의 얼굴을 한 번이라도 더 보는 것이 좋을 것 같아요."

스페라는 아쉬운 듯한 표정을 지었지만, 그를 보내지 않을 수 없었다.

"으응, 그래, 그래. 그 차원이동은 언제 할까?"

"쿨다운이 있으니, 계산해 보면 세 시간 뒤가 적당할 것 같습니다."

"좋아. 알겠어. 그때까지 최대한 다들 모아 볼게."

운정은 맑게 웃었다.

그러곤 자리에서 일어나며 말했다.

"그럼 세 시간 뒤에 봐요, 스페라."

"으응."

운정은 그녀를 뒤로하고 앞으로 한 발을 내디뎠다.

그러자 그는 이미 신무당파의 연무장에 있었다.

"어머! 마스터!"

운정이 돌아보니, 그곳에는 아시스가 있었다.

운정이 그녀에게 말했다.

"역시 언제나 열심이구나. 롬의 일은 잘되고 있느냐? 내전으로 인한 피해를 복구하는 건 어떻고?"

아시스는 놀란 눈을 하고 그를 보고 있다가 나지막하게 대답했다.

"예. 롬이야 델라이의 군대가 갈 일은 없고, 내전으로 인한 델라이 상황도 어느 정도 자리를 잡았어요. 이제 좀 시간이 남아서 수련하고 있었죠."

"그렇구나. 아시스, 얼굴을 보게 돼서 좋다."

"예?"

운정은 미소를 지어 보인 뒤에, 천천히 걸음을 걸었다.

아시스는 멍한 표정으로 사라지는 그의 뒷모습을 바라볼 뿐이었다.

운정은 곧 조령령의 방 앞에 도착했다.

그가 기별을 하자, 문이 벌컥 열렸다.

그녀는 긴 문서를 한 손에 들고 있었다.

"운정이죠!"

운정은 배시시 웃는 그녀를 보더니 말했다.

"어떻게 알았니?"

조령령은 뿌듯한 표정을 지으며 말했다.

"그냥 알아요. 발소리라고 해야 하나, 아니면 그냥 느낌이라고 해야 하나, 헤헤헤. 운정인 것 같더라고요."

"오? 대단하네."

그녀가 미간을 살짝 모으더니 말했다.

"뭐야? 아직 일 다 안 끝났죠? 그래서 온 거 아니죠?"

운정은 고개를 저었다.

"아니야. 잠깐 파인랜드에 들를 일이 있어서 왔어. 네 얼굴 보고 싶어서."

조령령은 살짝 삐진 듯한 표정을 지었지만, 눈이 웃고 있는 걸 보니 기분은 좋은 듯싶었다.

"흠, 나 보고 싶다고 했으니까, 용서해 줄게요. 혹시 바로 가세요?"

"안타깝게도 그래야 할 것 같구나."

그녀는 입술을 삐죽이곤 말했다.

"알았어요. 얼른 다녀와요."

운정은 손을 들어서 그녀의 머리를 한 번 만져 주었다.

그러곤 몸을 돌려 복도 끝에 있는 시아스의 방으로 향했다.

조령령은 문 밖으로 얼굴을 내밀곤 그가 시야에서 사라질 때까지 지켜보았다가, 다시 안으로 들어갔다.

시아스의 방문은 활짝 열려 있었다.

그뿐만 아니라 안에 있는 창문까지 모두 열려 있어, 밖의 공기가 자유롭게 오가고 있었다.

그녀는 소파의 팔걸이에 머리를 두고 반쯤 옆으로 누워 있었다. 무릎을 세운 다리를 꼬고, 풍만한 가슴 위에 양피지를 올려두고는 이리저리 살펴보고 있었다. 오른손 손가락 사이에선 끝에 검은 잉크가 묻은 펜이 어지럽게 놓고 있었고, 눈과 이마 주변의 근육은 수시로 움직였다.

"시아스."

시아스는 놀란 눈을 하곤 소파 팔걸이 넘어 고개를 뒤로 젖혔다. 그러자 문가에 서 있는 운정의 모습이 반대로 보였다.

"마스터? 중원에서의 일은 다 끝나셨어요?"

운정은 고개를 저었다.

"아니, 그런데 네 머리카락이 바닥에 닿는구나."

그 말에 시아스는 상관없다는 듯이 얼굴을 찡그렸다.

"내공심법으로 알아서 관리되는걸요, 뭐. 그나저나 아직 일도 다 보시지 않으셨는데, 파인랜드에는 무슨 일이에요? 혹시 신무당파의 지원을 바라거나 그런 건 아니죠? 진짜 안 돼요. 지금 제가 얼마나 힘든 줄 알아요? 삼백 명이나 되는 인원들을 전부 관리하면서 또 제도까지 고안하고 있다고요. 제가 아무리 좋아하는 일이라고 하지만 지금 완전히 과부하니까 더 뭐 시킬 생각 말아요."

운정은 따뜻한 눈길로 그녀에게 말했다.

"나에게 있어 널 만난 것은 정말 크나큰 행운이다. 네가 없었다면 신무당파는 없었을 거야."

그 순간 시아스의 얼굴이 굳었다.

"마스터?"

운정은 더욱 포근한 미소를 지었다.

"얼굴 한 번 보려고 들렀다. 거꾸로 볼 줄은 몰랐지만, 나름 신선하구나."

"……."

"그럼 난 이만 가 보겠다. 일 보거라."

시아스가 몸을 돌려 똑바로 그를 보았을 때, 그의 모습은 이미 사라진 후였다.

이후 운정은 다른 제자들도 한 번씩 만났다.

대부분 무공을 익히고 있었고, 운정은 그들에게 작은 깨달음을 주고는 사라졌다.

그렇게 한 시간이 흐르고, 중원으로 가기 위해서 카이랄로 돌아왔다.

카이랄에는 의외의 손님이 그를 기다리고 있었다.

"너는… 아직 살아 있었구나."

시르퀴누화의 디사이더는 운정을 올려다보더니 나지막하게 말했다.

"예, 덕분에… 마지막으로 어머니들의 말씀을 전하러 왔어요. 앞으로 항상 신물을 통해서 지켜보겠다고."

운정은 그녀와 눈높이를 맞추고는 말했다.

"앞으로 신무당파의 후예를 잘 부탁한다고 전해 주거라."

그녀는 공손히 고개를 끄덕였다.

그러곤 숲의 축복을 받아 사라졌다.

혼자가 된 운정은 위를 올려보았다.

끝없이 뻗어진 버섯 기둥.

운정이 중얼거리듯 말했다.

"너 또한 볼 수 있었으면 좋았을 텐데, 카이랄."

그때 바람이 그의 귓가에 스며드는 듯했다.

[조심히 다녀와, 운정.]

운정의 두 눈이 크게 진동했다.

하지만 이내 서서히 잦아들었다.

그가 나지막하게 말했다.

"응."

그가 한 발 내딛자, 그의 몸이 카이랄에서 자취를 감추었다.

　　　　*　　　　　*　　　　　*

　웬만한 인간의 건축물보다도 더 큰 나무.

　그 나무줄기의 안은 구의 형태로 텅텅 비어 있었다.

　인위적으로 깎아 놓은 듯 표면이 매끈매끈했다.

　그 안에는 황금빛으로 이루어진 수많은 도형들이 떠다니고
있었다.

　그리고 그 바닥에 누워 이를 지켜보는 한 엘프가 있었다.

　멍한 눈빛.

　퀭한 얼굴.

　지금 당장 눈을 감고 죽는다고 해도 믿을 수 있을 정도로
초라한 몰골이었다.

　엘프의 눈길은 조금씩 움직이며 황금 도형들을 이리저리
살폈다.

　그러다 문득 그의 눈빛이 강렬해졌다.

　그 엘프는 믿을 수 없다는 듯 눈을 부릅뜨고는 자리에서
일어나더니 큰 소리로 외쳤다.

　"멈춰."

　그의 말 한마디에, 그 넓디넓은 공간 안을 유영하는 모든
황금빛 도형들이 일순간 멈췄다.

　그 엘프는 멈춘 도형들을 이리저리 살펴보며 품을 뒤적였

다. 그리고 그 안에 있는 흰색 가루를 아무렇게나 집어 코로 가져갔다. 반 이상을 바닥에 흘렸지만 아랑곳하지 않고, 오로지 도형에만 집중했다.

코에서 핏물이 쏟아지고, 두 눈동자는 붉게 물들었다.

그 엘프가 앙상한 손을 들었다.

그리고 한 도형을 가리켰다.

"저거, 저 도형. 정육면체 안에 동심원 셋이 있는 그 도형. 응, 그거. 각도 좀 틀어 봐. 제 사의 축으로."

그러자 그 도형이 점차 중심으로 말려들어가더니 이내 원형으로 변했다.

"그대로, 그대로 있어, 고바넨."

그 엘프는 그 자리에서 일어났다. 코피를 줄줄 흘리면서도 전혀 신경 쓰지 않고는 바닥에서 조금 올라갔다. 한쪽 면을 쿵쿵 때리자, 그 바닥이 문 모양으로 푹 꺼졌다.

그곳엔 고바넨이 초조한 기색으로 그를 바라보고 있었다.

"괜찮으신가요, 임모라?"

임모라는 마치 그 질문을 듣지도 못했다는 듯 말했다.

"책, 책을 봐야겠어."

고바넨은 알았다는 듯 고개를 끄덕이더니, 그와 함께 나무에 난 구멍 안을 걸었다.

그리고 곧 다른 방에 도착했다.

그곳엔 거대한 책 하나가 펼쳐져 있었는데, 그 앞에는 사다리 하나가 놓여 있었다.

　임모라는 그 책에 다가가서, 몇 장을 넘기더니, 신경질적으로 사다리를 가져와, 자신이 보기를 원하는 부분을 살펴보았다.

　그의 표정이 일그러졌다.

　그는 손을 들어서 코피를 닦아 냈다.

　그러곤 올라갈 때와는 비교도 할 수 없을 만큼 무기력한 모습으로, 천천히 사다리에서 내려와 그 마지막 단에 주저앉아 버렸다.

　고바넨이 그를 이해할 수 없다는 듯 바라보았다.

　임모라가 겨우 고개를 들어 그녀를 보았다.

　"고바넨."

　고바넨이 말했다.

　"예."

　"네가 추방되어서 죽어 가고 있을 때, 미내로가 널 살렸잖아. 그때 네게 건 주문이 리인카네이션 주문 맞지?"

　고바넨이 되물었다.

　"이미 알고 있는 걸 왜 물어보시죠?"

　임모라는 두 손을 들어서 얼굴을 쓸어내렸다.

　"하나 물어볼게. 네가 봤을 때, 그녀의 리인카네이션 주문이 얼마나 완성되었다고 생각해? 네가 직접 당한 거니 잘 알잖아."

고바넨은 임모라를 지그시 바라보다가 말했다.

"글쎄요. 제가 판단할 수 있는 문제는 아닌 것 같군요. 당신이 보기엔 어떤가요, 임모라? 그로우어(Grower)일 때의 나와 지금의 나를 비교하면 얼마나 차이가 나나요?"

임모라는 두 손을 내리곤 그녀를 올려다보았다.

"딱히 차이는 없지. 어차피 엘프는 태어난 목적대로 살아가는 존재잖아. 리인카네이션 주문에 걸리거나, 걸리지 않거나 똑같다고."

고바넨은 한쪽 벽에 기대고 섰다.

"그렇게 말하는 것을 보니까 혹, 자신의 목적에 회의감이 느껴지시나요?"

임모라는 기가 막히다는 듯 웃었다.

"회의감이 뭔지나 알고 하는 소리야?"

고바넨의 두 눈에는 아무런 감정이 없었다.

"알고 싶어도 알 수 없죠. 리인카네이션으로 되살아났으니까. 어머니에게도 물어볼 수 없는 거잖아요."

아니다.

감정이 있다.

임모라는 눈초리를 모으고 그녀를 노려보았다.

"그래서 분노하나, 고바녠?"

고바녠의 시선이 서서히 아래로 향했다.

"처음 마법을 가르쳐 준 엘프는 마스터 미내로였어요. 이를 적극적으로 사용하라고 권장한 것도 마스터 미내로였죠. 그리고 전 마법을 사용한단 이유로 당신의 후임에게 추방을 당하게 되었어요. 그렇게 평온하게 죽음을 맞이하는 듯했죠. 그러나 마스터 미내로는 썩어 가는 제게 다시 찾아와서는 리인카네이션 주문으로 되살렸어요. 그리고 지금은 그녀가 설정한 목적대로, 이 네크로멘시 학파를 키우는 것에 모든 의지를 두는 존재가 되었어요. 아마 그로우어로 태어났으면서 마법에 재능이 있는 것을 확인한 마스터 미내로가 이 모든 걸 계획하고 제게 접근한 것이겠지요. 그 사실에 대해서 전……."

"……."

임모라가 아무 말도 하지 않으니, 고바녠이 다시금 말을 이었다.

"글쎄요. 분노를 품은 걸까요?"

"내 눈엔 그래 보이는군, 고바녠."

고바녠의 시선이 임모라를 향했다.

"당신은 어떤가요? 죽어 가는 당신에게 목적을 부여한 그녀에게 어떤 감정을 가지고 있죠?"

임모라가 대답했다.

"글세, 그냥 접붙이기가 아닌가 해."

"접붙이기?"

"미내로는 하이엘프야, 어머니라고. 목적을 위해 영양분을 배분하여 아이들을 낳는 존재. 어머니가 바뀌어서 다른 목적에 쓰이는 거뿐이야. 엘프는 원래부터 그런 것이지, 안 그런가, 고바넨?"

고바넨은 팔짱을 꼈다.

"제가 장담하는데, 마스터 미내로는 당신이 이대로 죽는다고 해도 다시 되살려서 계속 부릴 거예요."

"아마, 그렇겠지? 너를 보면 리인카네이션 주문도 잘 완성된 것 같고. 흠, 그러니 이대로 죽어도 괜찮을 거야."

의미심장한 말에, 고바넨의 얼굴이 살짝 굳었다.

"그게 무슨 말이에요?"

임모라가 대답했다.

"이미 약을 너무 남용했어. 더 사용하면 아마 곧 죽겠지. 하지만 방금 찾아낸 마지막 술식을 완성하기 위해선… 써야 해. 내 포커스를 최대치로 끌어올려야지만 가능할 거야. 난 분명 죽겠지만, 괜찮아. 마스터 미내로가 날 되살릴 거니까."

"임모라?"

임모라는 품을 뒤적거렸다.

그리고 남은 흰색 가루를 남김없이 인중에 뿌렸다.

"하아, 하아, 하아. 크하, 크하, 하하."

"괜찮나?"

운정은 연보랏빛으로 빛나는 두 눈을 껌벅였다.

그의 눈앞에서 움직이는 금색 도형들은 그가 마지막 완성했던 것과 동일했다.

때문에 과거의 기억이 계속해서 그의 정신을 좀먹었다.

운정은 눈을 질근 감았다.

그리고 최선을 다해서 내력을 운용하여 무궁건곤선공을 운용했다.

[깨어나세요!]

[깨어나세요!]

실프와 노움은 최선을 다해서 그를 도왔다.

운정은 이를 악물고 버티면서 그 둘이 공급하는 선기를 받아 온몸에 돌렸다.

그러자 과거의 기억이 희미해지면서 아득한 정신으로 밀려나갔다.

"운정 도사?"

운정은 고개를 돌렸다.

그곳엔 혈적현이 심각한 표정으로 그를 보고 있었다.

운정이 대답했다.

"괜찮습니다."

혈적현은 그 말을 전혀 믿지 않았다.

"전에 말한 그 정체성의 문제 때문인가?"

운정은 고개를 살짝 끄덕였다.

"견딜 수 있습니다. 너무 큰 걱정 마십시오."

"……"

혈적현은 더 말하지 않았지만, 여전히 걱정스러운 눈길로 그를 보았다.

그때 공간 마법진의 차원이동이 완료되어, 파인랜드의 인물들이 대거 천마신교 낙양본부로 넘어왔다.

모두들 머리를 부여잡고 두통과 어지러움을 호소하는데, 오로지 스페라만이 아무렇지도 않은 듯 운정을 향해서 뛰어 왔다.

"운정!"

운정이 팔을 벌리자, 스페라는 그를 꽉 안아 주었다.

혈적현이 슬쩍 미소를 짓자, 떨떠름해진 운정이 그녀를 살짝 밀어냈다.

"파인랜드에서 가장 강력한 마법사인 스페라라고 합니다. 제 연인이기도 하지요."

혈적현은 그녀를 향해서 포권을 취했다.

"천마신교의 교주, 혈적현이라 하오."

스페라는 얼른 바로 서서 고개를 살짝 숙이며 인사했다.

"안녕하세요. 스페라입니다. 이야기는 많이 들었어요."

혈적현은 파인랜드에서 넘어온 사람들을 찬찬히 바라보며 말했다.

"생각보다 지원이 매우 많소. 거의 백여 명은 되는 듯하오."

스페라는 운정과 헤어진 뒤, 알비온과 알테시스는 물론이고 델라이에 존재하는 모든 마법사들을 최대한 모았다. 델라이 왕궁에서는 혹시 모를 사태를 대비한 최소 인원만을 남겨두고 마법사 모두를 천마신교에 지원했다.

NSMC와 공간 마법진 간의 차원이동이기에 이런 대규모로도 가능했다.

그녀가 말했다.

"신적 존재에 대한 역소환 주문을 해야 한다면서요. 그러면 최대한 많은 것이 좋으니까요."

혈적현은 고개를 끄덕였다.

"마음 깊이 감사드리는 바이오. 앞으로 델라이에서 천마신교의 지원을 필요로 하면 원하는 만큼 고수들을 지원해 드리겠소."

"기대하지요."

혈적현은 운정을 향해서 고개를 돌렸다.

"그럼 인원을 어떻게 배분하는 것이 좋겠나?"

운정은 생각해 둔 것을 말했다.

"청룡궁의 용들이 있는 이상, 노마나존 내에서 싸우게 될 것이니 마법사가 전장으로 나갈 필요는 없습니다. 또한 델라이에서 지원을 나온 분들이 해를 입지 않는 편이 좋지요. 공간이동을 해 줄 스페라만 저희와 함께하도록 하고 나머지는 모두 황룡의 역소환을 도와주셨으면 합니다."

그 말에 혈적현이 다른 곳으로 고개를 돌렸다. 거기는 제갈극이 있었다.

"들었나, 태학공자?"

제갈극은 고개를 끄덕이더니, 알비온에게 천천히 걸어갔다. 그리고 그에게 황룡에 관한 것들을 설명해 주기 시작했다.

운정은 그 광경을 멍하니 쳐다보았다.

기억이 끊긴 느낌.

그는 눈을 감고 최대한 잃어버린 기억을 더듬으며 말했다.

"아, 제가 중원에 온 지 벌써 세 시간이 흘렀군요. 그래요. 델라이에서 지원이 오기 때문에, 기다려야 한다고 해서… 심검마선과 흑룡대와 청룡궁들의 용들만 우선 화산으로 보냈었죠. 심검마선의 소소에… 좌표를 두고… 나중에 합류하겠다고… 맞아요. 그랬어요."

"……"

"……"

장면은 떠올릴 수 없었다. 단지 누군가 말해 줘서 아는 느낌이었다.

혈적현과 스페라는 불안한 눈길로 그를 보았다.

운정은 문득 이를 느끼고는 애써 웃었다.

"괜찮습니다. 괜찮아요."

혈적현이 말했다.

"임무에 지장이 있을 수 있다. 넌 여기 남고 스페라만 가는 것도 한 가지 방법이야."

운정은 고개를 저었다.

"그럴 수는 없습니다. 그럴 수는 없어요. 그리고 화산에 는… 화산에는 제가 가야 하는 이유가 있습니다. 그리고 저만 한 전력이 또 어디 있겠습니까? 어차피 시일이 별로 남지 않았습니다."

피월려와 운정은 청룡궁의 일조차 단숨에 끝냈다.

혈적현은 그의 어깨에 손을 올리곤 말했다.

"그럼 믿겠다, 운정 도사. 중원의 운명이 네 손에 달려 있어."

운정은 고개를 한 번 끄덕여 보이곤, 제갈극을 보며 물었다.

"제가 가도 괜찮겠습니까?"

제갈극은 알비온과 공용어로 대화하다가 운정에게로 고개를 돌리곤 한어로 말했다.

"괜찮으니라. 생각보다 내 말을 잘 알아들으니 네가 가도 별

문제 없을 것이다. 적어도, 만 이틀 내에 모든 준비를 마치겠
다."

"좋습니다."

운정은 스페라를 돌아보아보곤 말을 이었다.

"스페라 잠시 제 손을 잡아요. 쿨다운의 영향이 미치지 않
는 곳까지 일단 가서, 거기서 공간이동으로 합류하죠."

스페라는 뭔가 하고 싶은 말이 있는 듯 보였지만, 단호한
목소리에 말을 꺼내지 못했다.

그녀는 결국 손을 내밀었고, 운정은 그 손을 잡았다.

그가 발을 내딛자, 그들은 이미 낙양을 벗어나 있었다.

스페라가 말했다.

"너, 정말 괜찮은 거지?"

운정이 고개를 끄덕였다.

"고바넨에겐 무허진선이 있습니다. 그뿐만 아니라 휘하 마
법사들이 수많은 곤륜파 고수들을 수족처럼 부리고 있어요.
시일이 삼 일밖에 없으니, 속전속결을 내려면 제가 가야 합니
다."

"……."

"어차피 이대로 있어도, 삼 일이면 저라는 존재는 사라지고
말 거예요."

스페라는 입술을 살짝 깨물었다.

"알고 있어. 알고 있다고."

운정은 미소를 지었다.

"그럼 어서 화산으로 갑시다. 심검마선의 소소에 좌표를 두었으니, 그쪽으로 가시면 그들과 합류할 수 있을 겁니다."

그 말에 스페라는 알겠다는 듯 고개를 끄덕였다.

그러곤 지팡이를 들었다.

第一百十五章

손소교는 화경전 대청에 앉아 홀로 밤하늘을 올려다보았
다.

그녀의 얼굴은 절망으로 가득했고, 눈빛 또한 침침하기 이
를 데 없었다.

어두운 밤하늘 사이로 빛나는 별들 하나하나가 꼭 화산파
어른들을 뵙는 것 같았다.

"그러고 보니, 고작 두 달밖에 지나지 않았어… 두 달 전에
모두들 돌아가셨지."

초록 광선이 떨어지고, 안우경을 비롯한 장로들과 일대 제

자들 모두가 한 줌의 고깃덩어리로…….

그녀는 눈을 감아 버리고 고개를 마구 흔들었다. 목이 아프도록 흔들고 나서야 겨우 그 장면이 사라지는 듯했다.

그녀는 깊은 한숨을 쉬었다.

"그래도… 그래도 희망이 있었지. 어르신들은 많이 돌아가셨지만, 검수들 중에는 초절정에 오른 이들도 있었으니까. 게다가 나지오 어르신까지 돌아왔으니… 이대로 봉문하고 이십 년 동안 제자를 양육했다면, 분명 예전만큼이나, 아니, 그보다 더욱 강한 화산파가 되었을 텐데… 하지만……."

그녀는 고개를 내려 앞을 보았다.

그녀의 앞에는 난장판이 된 숲이 쭉 이어졌다. 검기로 인해서 줄기가 잘리고, 검강으로 인해 가지가 타오른 나무들이, 정상적인 나무들보다 더 많았다.

그 숲에는 연한 안개가 깔려 있었는데, 그 안에는 수없이 많은 시체들이 가만히 서서히 멍하니 앞을 바라보고 있었다.

그들 중 대부분은 장병기를 든 무림인도 있었다.

하지만 이제 막 걷기 시작한 어린아이도 있었다.

배가 산만 한 임산부도 있었다.

허리가 다 꺾인 노인도 있었다.

이들을 바라보면 바라볼수록 손소교의 눈에서 살기가 돋

아났다.

당장에라도 검을 뽑고 앞으로 나아가, 이 시체들을 부리는 마법사들을 도륙하고 싶었다. 그들이 마법을 펼치기 전에 경공으로 빠르게 다가가 그 목을 베어 버리고 싶었다.

하지만 그들은 몸을 숨기고 있었다. 언제 어디서 즉사 주문을 맞고 죽을지 모른다.

그때 숲 한쪽이 부스럭거렸다.

손소교는 재빠르게 매화검을 뽑아 들고 그쪽을 주시했다.

언제라도 튀어나갈 수 있게, 전신에 내력을 돌렸다.

하지만 그녀는 곧 내력을 가라앉혔다.

"단주!"

정채린은 두 손가락으로 입을 가린 채 천천히 안개 속에서 빠져나왔다. 그녀 뒤로는 한 손에 매화검을 든 매화검수 네 명이 뒤따라 나왔다. 매화검수들 중에서도 보법을 가장 은밀히 펼칠 수 있는 이들이었다.

그들은 화경전을 확인하자 매화검진(梅花劍陳)을 풀었다. 정채린이 손짓하자, 그 넷이 고개를 끄덕인 뒤 화경전 안으로 들어갔다.

그녀가 손소교에게 다가와 물었다.

"별일 없었지?"

"예. 단주는요? 마법사들의 흔적은 찾았어요?"

정채린은 고개를 저었다.

"오늘부로 의심 가는 지역을 모두 확인했어. 그런데도 아무 흔적도 없었지. 아마도 마법으로 숨은 건가 싶어. 그렇다면 우리 힘으로는 그들을 찾을 수 없어."

"그런가요? 그러면 태룡향검 어르신의 말씀대로 천마신교의 지원을 기다리는 수밖에 없겠군요."

그 말에 정채린의 얼굴이 조금 어두워졌다.

"숙부님 상태는?"

손소교는 잠시 말이 없다가 말했다.

"아무리 고강한 태룡향검 어르신이라 해도, 보름 가까이 조양봉(朝陽峰) 일대 전부에 향검(香劍)을 펼치시기엔 무리가 있으신 듯해요. 한 시진 전엔 붉은 피를 한 번 토하셨어요."

"피를?"

정채린은 놀란 표정으로 화경전 정척(正脊) 쪽을 올려다보았다. 하지만 그녀가 서 있는 곳에선 나지오의 모습이 보이지 않았다.

손소교가 말했다.

"향검을 얼마나 더 유지하실 수 있으신지 알 수 없어요."

정채린은 마른침을 한 번 삼켰다.

마법사도 찾을 수 없는 상황에서 나지오의 향검이 끊긴다면, 저 밖에 빽빽하게 서 있는 강시 군단이 그대로 화경전에 들이닥칠 것이다.

처음 몇 시진은 막아 낼지 모른다. 하지만 시체는 지치지도 않고 물밀듯 쳐들어올 것이고, 결국 화산파 제자들은 하나둘씩 목숨을 잃고 그 강시 군단에 합류할 것이다.

그리고 얼마 지나지 않아 화산파는 멸문할 것이다.

정채린은 눈을 살짝 감았다.

"이대로 화산을 포기해야 할까?"

손소교는 가만히 그녀를 보았다.

한 달 전, 화산으로 돌아온 매화검수들은 운정과 나지오의 말대로 근농봉에 가서 한근농의 석관을 열어 보았다. 그리고 그 안에 한근농의 시체가 아닌, 목인이 있음을 모두가 확인했다.

이후 그들은 그 사실로부터 과거의 일을 추론하며 밤새 논했다. 매화검수들 대부분은 자신들이 한 잘못을 인정하고 싶어 하지 않았기 때문에 어떻게든 정채린이 잘못했다는 식으로 결론을 내리려고 했지만, 손소교는 끝까지 객관적인 입장을 버리지 않고 논리를 바로잡아 갔다.

그 누구도 부정할 수 없는 사실은, 석관에 시체가 아니라 목인이 있다면 이석권이 모두를 속였다는 점이다. 결국 차후 이어지는 논리적 결론은 정채린과 운정의 말이 사실이라는 것밖에 나올 수 없었다.

처음에는 이성적인 몇몇만이 인정했지만, 시간이 지남에 따라 모든 매화검수들은 정채린을 받아들일 수밖에 없었다. 그들은 모두 정채린에게 용서를 구했고, 정채린은 그들을 모두 용서했으며, 다시금 매화검수들의 단주가 되었다.

그렇게 모든 것이 예전처럼 돌아온 듯 보였지만, 실상은 그렇지 않았다. 매화검수도 정채린도 전과는 완전히 다른 사람이 되었다.

그 단적인 예로, 예전의 정채린이라면 절대 방금과 같은 말을 하지 않았을 것이다.

화산을 포기하자니.

손소교는 고개를 흔들며 말했다.

"화산의 정기는 화산파 무공의 근원이에요. 이를 전부 강령학파에게 내주겠다는 뜻인가요?"

"만약 숙부께서 향검을 더 이상 펼치지 못하신다면, 이곳에서 모두 개죽음을 당한다는 사실에는 변함이 없어. 기약 없는 천마신교의 지원을 바라는 것도 바람직하지 않아. 그러니 화산의 명맥을 유지하기 위해서라도 탈출을 감행해야 해."

냉랭하기까지 한 말투.

다른 매화검수라면 이쯤에서 분명 불같이 화를 냈을 것이다. 하지만 손소교는 특히나 이성적인 사람이었고, 때문에 감

정적으로 대하기보단 그 논리의 맹점을 찾기 위해서 노력했
다.

"탈출에 성공할지도 모르겠지만, 성공한다고 치죠. 하지만
그래도 화산파의 명맥을 유지할 순 없어요. 화산파의 정기가
없잖아요?"

"우리들의 몸속에는 남아 있잖아. 우리들의 단전을 이루고
기혈을 이루고 있잖아. 그러니 다음 세대들에게 우리의 것을
희생해서 넘겨주면 돼."

손소교는 고개를 저었다.

"하지만 세대를 거듭할수록 적어지고 탁해지겠죠. 몇 세대
못 가서 멸문하는 건 매한가지일 거예요. 그럴 바에야 이곳에
서 멸문하는 것이 나아요. 전 마지막까지 화산과 그 운명을
함께하겠어요."

정채린은 잠시 말이 없었다. 하지만 손소교는 그녀가 할 말
이 없어서 말을 하지 않는 것이 아님을 알았기에, 가만히 그녀
를 기다려 주었다.

정채린은 밤하늘을 올려다보며 말했다.

"소교야."

다정한 목소리.

그 안에는 전에는 단 한 번도 느껴 본 적 없는 따뜻함이 녹
아 있었다.

손소교는 이제 과거의 정채린을 떠올리기 힘들었다.

"네, 단주. 말씀하세요."

그녀가 말했다.

"운정 도사님을 알지? 하긴, 잘 알 수밖에 없겠지."

"……."

"그는 무당파의 마지막 제자였어. 사실 사부 한 분하고만 일생을 보냈기에 무당에 대해선 제대로 알지도 못하셨지. 그런데 어느 날 느닷없이 무당산의 정기가 사라지고, 또 사부님이 돌아가셨어. 그렇게 그는 홀로 세상으로 내몰렸어."

"그러셨지요."

"지금 생각하면, 너무나도 어린 나이였지. 사람과 어떻게 관계를 쌓아야 할지도 모르는 어리숙함과 세상 물정 하나 알지 못하는 천진난만함을 품은 어린 마음으로, 어떻게 해서든 기어코 앞으로 나아가셨어. 넘어지고, 무너지고, 두렵고, 혼란스럽고, 수치심과 자괴감에 빠져 허우적거리면서도… 사부님의 유언을 지키겠다는 마음 하나로 그의 길을 포기하지 않았어. 다른 방식이긴 하지만, 결국 자신의 뜻을 이뤄 내셨지."

"예, 맞아요, 단주. 그는 참으로 대단하신 분이에요. 그 누구도 하지 못할 일을 해내셨죠. 단순히 높은 무공 때문에 가능했던 게 아니에요. 그래서 더더욱 대단하시죠."

정채린은 고개를 돌려 손소교를 보았다.

그녀의 두 눈은 슬프기 그지없었다.

"그러니까. 그를 본받자, 소교야. 여기서 모두 죽자는 건 화산과 마지막을 함께하는 그런… 고상한 게 아니야. 그저 힘들어서 포기하는 거야. 너무 지쳐서, 이젠 죽고 싶어서, 죽겠다는 것뿐이야."

"……."

"우리에겐 화산의 유지를 이어야 하는 의무가 있어. 어떠한 수단을 동원해서든 반드시 이 화산의 가르침이 사라지지 않도록 해야 해. 우리가 비록 화산을 버리는 한이 있더라도 말이지. 둘 중 무엇이 본질인지 분명히 알아야 해."

손소교는 지금까지 억눌렸던 감정이 일순간 솟아오르는 것을 느꼈다.

그녀는 그것을 막지 못했고, 결국 입 밖으로 나왔다.

"그게 과연 가능할까요? 솔직히 잘 모르겠어요. 뭐가 뭔지, 어떻게 해야 하는지, 정말 모르겠어요."

정채린은 확고한 목소리로 말했다.

"운정 도사께서도 이계에서 무당산의 정기를 대신할 방도를 찾았어. 우리라고 하지 못할 리라는 법은 없어."

"하아……."

손소교는 그 자리에 무너져 내리듯 주저앉았다. 떨려 오는 입을 몇 번이고 다물려고 했지만 한번 폭발한 감정은 도저히 멈출 수가 없었다.

하지만 그녀는 이를 악물고 눈물을 내보내진 않았다. 정채린은 그녀 앞에 앉아 그녀를 감싸 안았다. 그 따뜻한 품속에서 손소교는 끝까지 울음을 속으로 삼켰다.

그때 저 멀리 한쪽에서 발소리가 들려왔다.

저벅저벅.

손소교와 정채린 모두의 얼굴이 일순간 차갑게 굳었다.

조양봉 일대에 쳐진 안개는 보통의 안개가 아니다.

나지오가 화산의 정기를 극한으로 끌어다 펼친 향검이다.

이는 결계와도 같아 그 안에 있는 모든 이들은 자연사하게 된다.

시체들도, 향검 밖에서 마법사들이 꾸준히 의지를 부여하지 않았더라면 진작 자연으로 되돌아갔을 것이다.

그런데 그 속에서 누군가 화경전으로 다가오고 있었다.

저벅저벅.

발소리는 점차 커졌고, 안개 뒤로 검게 일렁이는 형체만이 보였다.

손소교가 그쪽을 주시하며 물었다.

"설마 태룡향검 어르신의 향검에 영향을 받지 않는 적일까요?"

정채린은 고개를 저었다.

"지옥에 다녀온 후로 숙부의 향검은 입신의 경지이기에, 냄새를 맡을 수 없는 것에도 냄새를 맡게 하고, 환상에 빠지지 못하는 것들에게도 환상에 빠지게 만든다 했어. 그래서 애초에 시체들조차 향검의 영향에서 벗어나지 못하는 거잖아."

이에 손소교의 얼굴이 조금 밝아졌다.

"그럼 혹시 저희가 모르는, 살아남은 사문의 어르신 아닐까요? 일대제자시라면 태룡향검 어르신께서 우리에게 알려 주신 호흡법을 이미 아셔서, 향검의 영향에서 자유로운 것일 수도 있어요."

정채린은 이번에도 고개를 저었다.

"그 호흡법은 매향검(梅香劍)에 음각되어 있는 것으로, 화산파 장문인 고유의 전승이라고 하셨어. 이런 상황이 아니었다면 알려 주지 않으셨을 거라고도 하셨고. 아마 사문의 어르신은 아닐 거야."

그것은 화산파에서 내란이 일어나지 않도록 하는 일종의 장치와도 같다. 그러니 화산파 어른이라고 해서 알 리가 없다.

손소교는 눈초리를 모았다.

"그럼 대체 누가 태룡향검 어르신의 향검의 영향에서 자유롭게 걸어올 수 있다는 것이죠? 마법일까요?"

정채린은 나지막하게 말했다.

"만약 마법으로 향검을 깰 수 있었다면, 이렇게 오랫동안 시간을 끌지도 않았을 거야. 아마도 숙부님과 같은 수준에 이른 향검의 고수뿐이겠지."

"설마요."

"심상치 않아. 우선 안에 들어가서 매화검수들을 모두 불러 와 줘."

손소교는 안개 쪽을 바라보다가 이내 몸을 돌려 화경전 안으로 들어갔다.

정채린은 자신의 매화검을 꺼내 들고 자세를 잡았다.

안개 속 인형은 점차 선명해지기 시작했고, 정채린은 곧 그 인형이 누군지 알 수 있었다.

그녀의 두 눈이 보름달처럼 커졌다.

"처, 청아?"

소청아는 지독히도 매혹적인 미소를 머금은 채 천천히 다가왔다.

정채린은 온몸이 굳은 듯 가만히 그녀를 바라볼 수밖에 없었다.

과거 정채린은 모두와 거리를 두고 완벽한 모습을 보여 주려 노력했지만, 소청아는 여러 번 그 빈틈을 파고들었다. 모든 사람에게 마음을 닫은 정채린이 어쩔 수 없이 마음의 문을 열어 버린 동생이다.

애증(愛憎).

소청아는 정채린의 2장 정도 앞에 섰다.

그녀는 더욱 진한 미소를 짓더니 입을 열었다.

"오랜만이에요, 사저."

정채린의 두 눈이 부릅떠졌다.

그녀는 소청아가 말을 하는 것을 본 적 없었다. 제갈극의 실험실에서 깨어난 뒤, 그와 많은 대화를 나누지 않았지만, 몇 차례 소청아에 대해서 물어보았고 제갈극은 간단하게 대답했다.

"그녀는 의사표현을 할 수 없다. 이미 죽었다고 생각해. 그저 움직이는 고깃덩이에 불과하다."

그러니 이제 와서 그녀가 말을 할 리가 없다.

정채린은 손가락을 입가로 가져갔다.

그리고 나지오가 가르쳐 준 호흡법을 시도했다.

하지만 소청아는 이를 비웃기라도 하듯 팔짱을 꼈다.

"사저, 정말로 절 물리실 생각인가요? 너무 오랜만이잖아요? 저와 대화라도 해요."

정채린은 호흡에 더 집중하기 위해서 눈을 질근 감았다. 하지만 눈을 감았음에도 달라지는 것은 아무것도 없었다.

당연하다.

눈꺼풀은 외부에서 들어오는 빛을 가릴 뿐이니까.

정채린은 결국 눈을 뜨고 입가에서 손을 내렸다.

그녀가 말했다.

"청아, 내가 힘이 없어 낙양에서 널 보고도 장사 지내지 못했어. 미안해."

소청아는 고개를 저었다.

"그게 어디 사저께서 미안해 할 일인가요? 괜찮아요. 사저에겐 아무 잘못 없어요."

"……"

"사저에게 잘못이 있다면, 흐음… 너무 아름다운 것이지요. 정말 좋은 언니인데, 항상 질투 나게 하니까. 그게 사저의 잘못이에요."

정채린의 아미가 살짝 꿈틀거렸다.

소청아는 혀를 길게 내밀어 입술을 핥았다.

그러더니, 왼손을 앞으로 뻗었다.

그녀의 왼손에는 굵은 쇠사슬이 잡혀 있었다.

그것은 소청아의 뒤쪽에 있는 짙은 안개 쪽으로 이어졌다.

소청아는 그것을 확 휘둘렀다.

그러자 쇳소리가 연달아 나며 안개 속으로 울리다가 어느 순간 툭 하고 끊겼다.

"크학."

안개 속에서 운정이 튀어나왔다.

그는 쇠고랑에 양손이 붙들린 채 노예처럼 앞으로 걸어 나왔다.

운정의 몰골은 처참하기 이를 데 없었다.

며칠을 못 먹었는지 사지가 나뭇가지처럼 가냘팠고, 내공은 전부 잃었는지 두 눈은 탁하기 그지없었다. 피골이 상접해서 걸을 때마다 몸이 휘청거리는 듯했다.

소청아가 한 번 더 쇠사슬을 휘두르자, 운정은 반항 한 번 못 하고 그대로 당겨져 소청아 앞에 엎어졌다.

소청아는 발을 들어서 운정의 머리를 밟았다.

"사저, 왜 그렇게 바라보고 있어요? 어서 구해 주셔야지요. 그의 목숨을 구해서 그가 사저를 사랑하게 만드세요. 그가 사저에게 한 것처럼 말이에요."

"……."

"화산에선 여인이 먼저 마음을 내비치는 것이 부끄러운 게 아니에요. 정을 구하는 것조차도… 그러니 그를 제게서 구하시고 그의 마음을 얻으세요, 후후후."

정채린은 조금도 흔들림 없는 눈빛으로 소청아와 운정을 바라보았다. 곧 나지오의 말을 그대로 따라 말했다.

"화산의 향검은 적을 자연사시킨다. 적에게 가장 이상적인 것을 보여 주고 그것을 이루게 하여 스스로 숨을 멈추게 만드는 것이다."

"맞아요, 사저. 이건 다 사저가 보고 싶어 하는 것이죠. 부정하지 않겠어요."

정채린은 소청아의 두 눈에서 잠시도 시선을 떼지 않았다.

"그 말을 듣고 나서 고민했어. 과거에 내가 널 지하실에서 마주쳤을 때… 그때 왜 네가 나에게 운정 도사와 운우지락을 나눴다고 말하는 걸 보았을까 하고 말이야."

소청아는 한 번 더 운정의 머리를 짓밟았다.

운정은 비명을 지르며 바닥에 코를 박았다.

소청아가 말했다.

"그야, 사저가 그걸 바랐으니까요. 사저의 성적 취향이 독특한 거죠, 후후후. 결벽증 아가씨께서 그런 특이한 성향이 있었을 줄, 누가 알았겠어요?"

정채린은 슬슬 고개를 저었다.

"아니야. 만약 내가 그걸 보고 싶었다면, 실제로 너와 운정 도사가 운우지락을 나누는 광경을 보았겠지. 하지만 내가 본 광경은 '네가 나에게 운정 도사와 운우지락을 나누었다고 말하는 거'였어."

그 순간 모든 것이 우두커니 멈췄다.

소청아도 운정도, 마치 시간이 멈춘 듯 조금도 미동하지 않았다.

소청아는 얼굴을 찌푸리며 운정의 뒷머리에서 발을 뗐다.

"그러게요. 사저의 말이 맞아요. 왜 사저는 운정 도사가 사저를 배신하기를 바랐을까요? 왜 나와 연인이 되었다고 믿고 싶었을까요?"

정채린의 시선이 점점 땅으로 향했다.

그녀는 나지막하게 말했다.

"과거 나는… 오만하기 짝이 없었던 나는… 화산 내에 나에게 걸맞은 남자가 없다고 생각했었어. 그래서 모두가 연애하고 사랑을 속삭일 때에, 그곳에 발을 담그지 않고 도도하게 있었던 거야. 언제가 나타날… 나에게 걸맞은 사람을 위해서."

"……"

정채린은 희미하게 웃었다.

"그때 나타난 것이 운정 도사야. 그는 내가 아는 그 누구보다도 훌륭한 외모를 가졌고, 또 숙부만큼이나 강한 무공을 지녔지. 그뿐인가? 무당파의 마지막 제자로서, 무당파를 다시 일으키겠다는 영웅적인 포부 또한 있으셨어. 그를 보면서 나는 그야말로 진정 나의 낭군이라 생각했지. 나에게 가장 어울리는 그릇이라 생각했어."

"……"

"마침 또 우리의 상황이 좋지 않았잖아? 매화검수들이 곤경에 처했을 때, 그는 기적처럼 마법사들을 물리치셨어. 내가 꼼짝없이 죽는 상황에서도 나를 구해 주셨지. 그러니 나는 더더욱 그를 좋아했어. 그가 나의 남자라고 믿어 의심치 않았지. 겉은 차가운 얼음으로 둘둘 말았지만, 속은 어린 소녀에 지나지 않은 나에게 있어 그는… 내 빛나는 가치를 더욱 빛나게 해 줄 남자였지. 모두의 부러움을 한껏 더 끌어올려 줄……"

"……"

"그가 마땅히 나를 더 갈구해야 한다고 믿었어. 그가 마땅히 나를 더 원해야 한다고 믿었어. 내가 계속해서 마음을 보였음에도, 그는 시큰둥해하면서도 은근히 즐겼지. 그것이 사실인지는 모르지만, 적어도 내 생각에 그는 그랬고 그래서 증오했어."

"……"

"그럼에도 불구하고 그를 향한 마음이 커졌지. 평생을 꿈꿔왔던 남자니까… 아니, 그렇게 되도록 내 생각에 끼워 맞춘 남자니까⋯ 나는 그를 향한 마음을 억누를 수 없었어. 심지어 나는 도둑처럼 담장 위에 몸을 날려 숨기까지 했지."

"⋯⋯."

"그러니까, 그러니까 나는 그가 나를 배신하길 바랐던 거야. 그래야만 그를 향한 마음을 접을 수 있었으니까. 그래야만 난 다시 화산파의 정채린으로 되돌아갈 수 있으니까. 그래야만 한 번도 그를 사랑하지 않았던 것처럼 생각하고 금이 간 내 자존심을 다시금 회복할 수 있었으니까."

"⋯⋯."

"그가 악인이어야 하고. 그가 죄인이어야 했어. 그래서 네가 나에게 그렇게 말하길 바랐던 거야. 너와 운우지락을 나눴기를 바랐던 거야. 그래야 난 그보다 더 도덕적으로 우위에 있을 수 있으니까. 그래야 그를 비난할 수 있으니까."

"⋯⋯."

"지금도 마찬가지야. 운정 도사는 결국 나를 버렸지. 때문에 난 운정 도사가 노예와 같은 신세가 되기를 바라는 거야. 그 감옥에서 내가 받았던 수준 낮은 치욕들을 그 또한 감내하길 바라는 거야. 그리고 그런 그를 내가 영웅처럼 구해 주는 거지. 그러면서 날 사랑하게 만드는 거야. 그가 나에게 그랬던 것처럼."

"⋯⋯."

정채린의 시선이 운정에게 향했다.

"만약 여기서 내가 운정 도사님을 구해 준다면, 운정 도사님은 나를 사랑하겠지. 그러면 나와 함께 화산파를 구할 거야. 그리고 나와 함께 화산과 무당을 합친 문파를 새로 설립하고, 거기서 아이들을 낳고 기르며 오순도순 살아가겠지. 손주까지 볼 거고. 그렇게 노년에 이를 그와 함께 한날한시에 여생을 마감할 거야."

소청아가 고개를 끄덕였다.

"그게 환각이라는 걸 알고 있다고 해서 달라지는 건 없어요, 사저. 비록 환각에 불과할지라도, 사저에게는 아무 차이가 없을 테니까. 사저는 정말로 그러한 일들을 경험하고 여생을 마칠 수 있어요. 그러니 현실로 돌아가지 말고, 운정 도사를 구하세요. 사저가 바라는 그 이상향 속에서 살아가세요."

정채린은 두 손가락을 자기 입가로 가져갔다.

그러곤 나지막하게 말했다.

"청아야."

"네, 사저."

"미안하지만, 여기서 난 운정 도사를 구해 줄 수 없어. 나에겐 나를 필요로 하는 화산이 있기 때문에, 내 이상만 좇을 수 없어."

"……."

"오랜만에 대화해서 좋았어."

정채린은 두 손가락으로 입을 가린 채 코로 숨을 깊게 마셨다.

그러곤 깊게 내쉬었다.

그 순간 그녀는 소청아의 향검에서 벗어났다.

챙—! 챙—!

서걱—! 스윽—!

사방에서 들리는 전투 소리.

꿈을 꾸는 듯한 몽롱한 기분이 이어졌다.

정채린은 이해할 수 없었다.

운정을 구하고 그와 일생을 오순도순 행복하게 산다?

소청아의 향검은 왜 그런 이상향을 보여 준 것일까?

거짓임이 너무나도 분명한 그런 것을.

"단주! 단주! 사, 살아나셨군요!"

손소교의 다급한 질문에 정채린은 얼른 전신의 내력을 돌렸다. 그러자 몽롱한 기분이 일순간 증발하며, 현실감이 확 와닿기 시작했다.

"상황은?"

손소교는 빠르게 말했다.

"소청아 주변으로 향검이 퍼져 있어요. 그것이 태룡향검님의 향검을 밀어내서, 일종의 통로를 만들었어요."

뒷말은 더 듣지 않아도 됐다.

"그곳을 통해 강시들이 들어오는구나."

"네. 두세 사람 정도가 들어올 수 있는 정도로 좁아서 아직은 잘 막아 내고 있지만, 앞으론 어떻게 될지……."

정채린은 몸에 힘을 주고 자리에서 일어났다.

그리고 소청아가 있는 쪽을 바라보았다.

소청아는 양손으로 검을 높이 든 채로 느리게 검무를 추고 있었다.

과거 지고전 지하실에서 보았던 그 춤이었다.

그와 동시에 그녀의 양옆으로 수십 수백의 강시들이 줄지어 쏟아져 들어왔다.

매화검수들은 그 앞에 부채꼴 모양으로 서서, 뛰어오는 강시들을 잇달아 베고 있었다.

대부분의 강시들은 수준이 낮아 일검에 목을 벨 수 있었지만 가능했지만, 가끔씩 등장하는 초절정급 강시는 매화검수들도 꽤나 애를 먹었다. 그럴 때는 따로 뒤로 유인하여, 매화검진으로 맞상대했다.

그런 듯 잘 처리하는 것처럼 보이지만, 강시가 얼마나 더 들이닥칠지 알 수 없는 것이 문제였다. 또한 점차 쌓여가는 강시의 시체도 문제였다. 이미 화경전 건물 가까이, 마당을 가득 채우고 있었다.

"방어만 하지 말고 소 사매를 처리해야 해. 어쩔 수 없어."

정채린의 말에 손소교가 나지막하게 말했다.

"안 그래도 호순 사형이 나섰지만……."

손소교가 뒷말을 흐리자 정채린은 심장이 덜컹 내려앉는 듯했다.

그녀가 되물었다.

"나섰지만?"

손소교는 결국 고개를 떨어뜨리며 말했다.

"소청아의 몸에 검이 닿으려는 찰나, 그대로 쓰러져 돌아가셨어요. 마법에 당한 듯해요."

"……."

"아쉽게도 마법사의 위치는 알 수 없었어요."

호순은 최근 초절정에 오른 매화검수다.

화산파에 남은 몇 안 되는 초절정 고수를 잃은 건 너무나도 뼈아프다.

정채린은 결심한 듯 말했다.

"탈출을 감행한다."

"사저."

"모두 대열을 깨지 않는 선에서 숙부님 곁으로 모이라고 해. 내가 숙부님을 모시고 돌파할 테니까."

그렇게 말한 정채린은 손소교의 대답을 듣지도 않고 건물 위로 몸을 날렸다. 그리고 정척의 중심을 바라보았다.

그곳에는 신선이 검으로 춤을 추고 있었다.

손과 발, 팔과 다리의 움직임 하나하나에서 화산의 묘리가 숨어 있었다.

그러나 그의 꼴은 처참했다.

입가와 옷은 붉은 피로 물들어 있었고, 바닥은 검게 굳은 피가 흥건했다.

나지오는 생명을 불태우며 전신에서 향검을 내뿜어 화경전을 보호하고 있었다.

정채린은 차마 선뜻 말을 꺼내지 못했다. 하지만 이내 뒤에서 들리는 전투 소리에 정신을 차리곤 나지막하게 말했다.

"숙부, 더 이상은 버틸 수 없습니다. 화산을 포기해야 합니다. 기약 없는 천마신교의 지원을 더는 기다릴 수 없습니다."

그 말에 나지오는 힘겹게 눈을 떴다.

파르르 떨리는 눈꼬리는 언제라도 닫힐 듯했다.

그가 미약한 목소리로 말했다.

"누군가 내 향검을 깬 듯하다. 혹시 그 때문이냐?"

"그렇습니다. 우리는 버틸 만큼 버텼습니다. 이젠 떠나야 합니다."

나지오는 침음을 한번 삼켰다.

그에게 있어 화산을 버린다는 건 상상할 수조차 없는 일이다.

하지만 그에겐 화산보다 중요한 것이 있으니 바로 그의 질녀인 정채린이다.

그가 검무를 멈추고 매향검을 내리자, 화경전 일대에서 향검의 안개가 사라졌다.

그는 입에서 한 줄기 선혈을 흘리며 말했다.

"낙양에 가면 굼벵이 같은 마인 놈들을 모조리 죽여야지, 진짜."

"거동하실 수는 있겠습니까?"

"물론이… 쿨럭."

그대로 그 자리에 주저앉은 나지오는 입에서 또다시 선혈을 흘렸다.

정채린은 얼른 나지오를 부축했다.

그때 건물 위로 매화검수를 포함한 화산파 제자들이 모두 올라오기 시작했다.

정채린은 그들에게 말했다.

"탈출 방향은 천마신교의 지원이 오는 서쪽이다. 매화검수들이 매화검진을 펼치며 앞장선다. 그리고 나머지는 중심에.

중간에 낙오되는 인원은… 버린다."

마지막 말이 떨어지기 무섭게 매화검수들뿐 아니라 다른 화산파 제자들의 얼굴도 크게 굳었다.

하지만 몸을 가누지 못하는 나지오의 모습을 보곤 지금 상황이 얼마나 위급한지를 깨달았다.

그때 누군가 말했다.

"설마 화산을 버리겠다는 뜻이니?"

정채린은 자신의 스승, 수향차를 보았다.

그녀 뒤로는 그녀와 같은 연배의 화산파 고수들이 심각한 표정으로 서 있었다.

그들은 화산파에 일어난 대참사 때에 살아남은 윗배 제자들이었다. 매화검수들보다는 배분은 높지만, 무공 수위가 절정이 이르지 못해 삼대 제자에서 머물고 있었다.

그러나 그것은 엄연히 편의상 그런 것이고, 웃어른임은 분명하다. 단적인 예로, 절정에 이르지 못한 수향차도 엄연히 정채린의 스승으로서 남아 있었다. 무공이 높아졌다고 배분을 무시하는 건 화산은 물론이고 중소 백도문파에서도 경멸하는 것이다.

정채린은 공손한 어투로 말했다.

"더 이상은 버틸 수 없습니다, 스승님. 이곳에서 더 버티는 것은 무의미한 행동입니다."

수향차는 입을 가리더니 말을 더듬었다.

"그, 그렇지만… 화, 화산을 버리다니. 그, 그건 있을 수 없는 일이다, 채린아. 있을 수 없는 일이야. 도사가 산을 버리고 어디로 갈 수 있겠느냐? 다시 생각해 보아라. 분명 다른 수가 있을 거야."

이것은 수향차뿐 아니라 다른 몇몇 제자들도 같은 생각이었다.

정채린은 단호하게 대답했다.

"화산을 버리는 것이 아닙니다. 잠시 비우는 것입니다. 우리는 다시 이곳에 돌아와 마법사들을 몰아내고 다시 화산을 되찾을 겁니다. 꼭 그렇게 할 것입니다."

아까 한 말과는 조금 다르지만, 손소교는 모두를 돌아보며 말했다.

"단주님의 말씀이 옳습니다. 도(道)는 산에 있는 것도 책에 있는 것도 아니라 하였습니다. 마음에 있다 하였습니다. 그러니, 우선은 전략적으로 후퇴하는 것이 맞습니다."

수향차는 고개를 마구 흔들었다.

"그, 그렇지만 그, 그저 살아남기 위해서 살아간다면… 그것이 어찌 도사란 말이냐? 목숨을 부지하고자 이 화산을 떠난다면 그 자체로 이미 도를 부정한 것과 진배없다. 나… 나는, 나는, 절대 화산을 떠날 수 없어. 미안하다. 미안해, 채린아."

그녀는 더 말하지 않고 검을 뽑아 들더니 화경전 안으로 들어가 버렸다. 거기서 최후를 맞으려는 것이다.

정채린은 마음이 무너지는 것을 느꼈다.

수향차는 사랑하는 스승이자 연모하던 남자를 잃었다.

지금 그녀에게 남은 것은 화경전에 남은 그의 흔적들뿐.

화산을 떠나서는 사는 것이 사는 게 아닐 것이다.

그리고 그것은 많은 제자들에게도 똑같았다.

그들은 모두 화산에서 자랐고, 화산에서 살았으며, 화산에서 죽으리라 믿었다.

정채린은 매화검수들의 얼굴을 하나하나 살펴보았다.

불신, 원망, 미움.

그럴 수밖에 없다.

아무리 논리적으로 설득했다 해도, 그들이 마음에 품었던 원한이 쉽게 사라질 리 만무하다.

어찌 됐든, 그녀를 따르던 마족이 매화검수를 죽인 것은 사실이니까.

정채린은 차마 매화검수들의 얼굴을 더 볼 수 없었다.

그때 나지오가 겨우 눈을 뜨더니 나지막하게 말했다.

"떠날 자는 떠나고… 남을 자는 남아라."

그 말은 마치 천둥처럼 모두의 마음에 울렸다.

나지오는 고개를 돌려 절망 어린 표정을 지은 정채린에게 속삭였다.

"네가 네 입으로 말했다, 채린아. 낙오자는 버린다고. 몸이 낙오했든 마음이 낙오했든, 낙오한 것은 낙오한 거야. 그들을 붙잡지 마라, 채린아. 그리고 앞으로 나아가. 그뿐이다."

앞으로 나간다.

그뿐이다.

정채린은 입술을 깨물었다.

그녀의 입가에선 핏물이 흘러내렸지만, 그녀는 전혀 고통을 느끼지 못했다. 이미 느낄 수 있는 최대한의 고통을 마음에서부터 느끼고 있었기 때문이다.

그녀는 결국 뜨거운 눈물을 양쪽 눈에서 흘리며 말했다.

"내 명은 변하지 않는다. 나와 함께 화산을 빠져나가 후일을 도모할 자들은 나를 따르라. 다시 말한다. 낙오자는… 버린다."

그녀는 이후 다시는 돌아보지 않겠다는 듯 고개를 돌려 버렸다.

그리고 나지오를 왼팔로 부축한 채로, 화경전의 뒤쪽으로 뛰었다.

그쪽에도 이미 수많은 강시들이 그녀를 향해 손을 뻗고 있었다.

많다.

너무 많다.

정채린은 이를 악물고 오른손에 든 매화검을 휘둘러 검기를 내뿜었다.

그때 수십 다발의 검기가 강시들에게 날아가 전부 잘게 썰어 버렸다.

탁.

땅에 착지한 정채린이 뒤를 바라보자, 그곳에는 매화검수 전원이 있었다. 아쉽게도 수향차와 같은 연배의 제자들은 보이지 않았다.

나지오의 말대로 남을 자들은 남은 것이다.

그들은 똑같이 결의에 찬 표정으로 정채린을 바라보았다.

그들 앞에 선 손소교가 대표로 말했다.

"매화검주 전원. 단주의 명을 따릅니다."

정채린은 다리가 휘청거릴 듯한 안도감을 느꼈다.

그러나 억지로 힘을 주고 다시 서더니 말했다.

"가자!"

그녀는 다시금 내력을 돌려 앞으로 나아갔고, 매화검수들은 그녀의 뒤를 따라갔다.

서걱—!

서걱—!

매화검수들은 미친 듯 검을 휘둘렀다.

그들이 아는 검공이란 검공은 모두 활용하면서 물밀듯 쏟아지는 강시들을 베어 내며 앞으로 달려 나갔다.

하지만 아무리 달려도 강시로부터 벗어날 수 없었다. 강시 군단은 단순히 화경전만 포위한 것이 아니라 화산 전체를 포위한 듯했다.

그들은 봉을 넘었다.

능선을 넘었다.

계곡을 넘었다.

그러나 강시 군단은 끊이지 않고 보였다.

이에 모두들 환각이나 진법에 빠진 것이 아닌가 하는 생각이 들기 시작했다.

하지만 정오가 되고 하늘 높이 솟은 태양을 보았을 땐, 그 생각마저도 사라졌다.

현실.

이것은 현실이다.

이에 모두가 몸도 마음도 지쳐 가기 시작했다.

그때였다.

"크핫!"

누군가 짧은 비명을 냈다.

강시들이 내는 소리와는 본질적으로 다른 소리.

모든 매화검수들의 시선이 그쪽으로 집중됐다.

정채린이 소리쳤다.

"진 사형!"

그곳엔 막 허벅지에 검이 박힌 매화검수 진연수가 그 검을 뽑아내고 있었다.

"별, 별거 아니다. 괜찮아."

하지만 그 비명으로 인해 모두의 속도는 이미 늦춰졌다.

그리고 사방에서 몰려드는 강시들은 더욱더 빠르게 그들에게 몰려왔다.

지금까지 어느 매화검수도 작은 검상조차 입지 않았다.

강시들의 공격은 매우 단순했기 때문이다.

하지만 지독히도 쌓인 피로는 순간적인 방심을 만들었고, 결국 진연수가 최초로 일검을 허락해 버린 것이다.

진연수는 자신의 허벅지를 내려다보았다.

심장 박동에 맞춰서 줄줄 새어 나오는 핏물.

동맥을 다친 것이다.

"가라! 날 버려."

그는 곧 이를 아득 물더니, 매화검을 들어 자신의 심장을 찔렀다.

허벅지와는 비교도 할 수 없는 양의 핏물이 뿜어지고 그는 곧 즉사했다.

그의 마지막은 모두의 마음을 크게 울렸다.

정채린은 자기도 모르게 멍한 표정을 짓고 진연수의 최후를 지켜보았다. 시선을 돌려야 한다는 것을 알았지만, 목과 눈이 말을 듣지 않았다.

그때 손소교가 정채린의 어깨를 붙잡았다.

"단주!"

정채린은 퍼뜩 정신을 차렸다.

그리고 잠시나마 이성을 잃었다는 사실에 분노했다.

그녀는 씹어 내뱉듯 외쳤다.

"가자!"

정채린은 계속해서 나지오를 부축한 채로 뛰었고, 다른 매화검수들도 전과 똑같이 그녀의 뒤를 따르기 시작했다. 하지만 그들의 마음은 완전히 달랐다. 진연수가 남긴 유언이 느슨해진 모두의 마음을 굳게 다잡았기 때문이다.

이후 그들은 더욱더 정밀하게 몸을 움직이고 검을 놀렸다. 진연수의 죽음이 헛되지 않게 만들기 위해서, 조금도 방심하지 않고 신경을 곤두세웠다.

그렇게 점차 시간이 지나자, 절대로 줄 것 같지 않던 강시들의 숫자가 점차 줄기 시작했다. 어느 순간 한 구도 보이지 않게 된 것이다. 정채린은 안심하지 않고 계속해서 경공을 펼쳤다.

그들은 곧 화산을 완전히 벗어날 수 있었다.

　　　　*　　　　　*　　　　　*

　시야가 탁 트인 곳을 확보한 정채린은 잠시 멈춰 보자는 수신호를 보냈고, 이에 모든 매화검수들은 그곳에 멈췄다.

　손소교가 그녀에게 다가와 말했다.

　"하아, 하아. 후우, 후우. 단주, 이젠 더 안 보이는 것 같아요."

　손소교의 말에 정채린이 고개를 끄덕였다.

　"그래. 포위는 벗어난 것 같다."

　"이젠 운기조식을 해도 되지 않을까요? 저들의 목적은 화산의 정기이니까, 여기까지 우리를 추격하진 않을 거예요. 오는 도중, 마법사들이 직접 공격하지 않은 걸 보면 그들도 딱히 우릴 붙잡을 생각은 없는 것 같아요."

　정채린은 대답하지 않고 침묵을 지킨 채로 나지오를 힐긋 보았다.

　그의 눈꺼풀이 수시로 떨리고 있었고, 창백하기 그지없는 입가에선 여전히 피가 흘러나왔다.

　보름에 가까운 시간 동안 향검을 내뿜어 기절할 것 같은 몸 상태로, 절정 고수들과 발을 맞춰 경공을 펼쳤다. 내력도 심력도 회복하는 대로 모두 소진하니 상태가 나아졌을 리가 없다.

그녀는 다른 매화검수들을 보았다.

그들도 나지오와 비슷하면 비슷했지 더 좋지는 않았다.

"흐음……."

정채린이 고민에 빠지자 손소교가 그녀의 의중을 예상하곤 말했다.

"혹시 함정이라고 생각하시는 거예요? 그럼 일단 사방으로 검수들을 보내서, 저쪽에서 몰래 포위하려는지를 확인한 뒤, 안전하면 그때 회복하는 건 어때요?"

정채린은 고개를 저었다.

"그랬다간 즉사 주문에 크게 당할 수 있어. 서로의 뒤를 봐 줄 수 있는 매화검진을 펼쳐야지만, 저쪽에서도 함부로 마법 을 시전하지 못하는데, 다들 꼴이 말이 아니라 제대로 못 할 거야."

"그렇다면……."

"크게 걱정 마. 아마 함정은 아닐 테니까. 그것 때문에 고민 한 거 아니야."

정채린의 목소리에는 확신이 있었다.

손소교가 물었다.

"어떻게 장담하실 수 있죠?"

정채린은 입을 몇 차례 열었다가, 이내 말을 삼켰다.

"나중에, 나중에 설명해 줄게. 일단은 다들 회복하도록 해."

손소교는 의심스러운 눈초리로 정채린을 바라보았다.

함정이 아니라는 건 어떻게 아는 걸까?

그녀는 일단 그 의심들을 머릿속에서 지웠다.

나중에 설명해 준다고 하니, 그때 어차피 알게 될 것이다.

손소교가 말했다.

"알겠어요, 사저. 그럼 다들 회복하라고 할게요. 그런데 망은 누가 보죠?"

정채린은 고개를 저었다.

"추격하지 않을 테니까, 망볼 필요는 없을 거야."

"그래도……."

"날 믿어."

"……."

"자, 모두, 운기조식 하자."

정채린이 그렇게 말하며 가부좌를 틀자, 매화검수들 모두가 그녀를 따라서 가부좌를 틀었다. 손소교는 여전히 정채린이 의심스러웠지만, 곧 그녀의 명을 따라서 운기조식을 시도했다.

그렇게 반각 정도 지나자 정채린은 눈을 떴다.

그녀는 매화검수들을 찬찬히 살피며 혹시라도 운기조식을 하지 않는 인원이 있는지 확인했는데, 모두들 무아지경에 빠졌는지 미동조차 하지 않았다.

정채린은 조금 큰 바위 위에 서서 화산 쪽을 바라보고 섰다.

그렇게 반 시진 정도 지났다.

"그으으윽!"

"크아아악!"

동쪽에서부터 괴기한 소리가 나더니, 곧 수 없이 많은 시체로 된 강시 군단이 단숨에 튀어나왔다. 반월을 그리며 지평선을 가득 메운 그들은 수십 수백, 아니, 수천은 되는 듯했다.

"역시 추격했군."

정채린은 바위에서 내려왔다.

그리고 가장 먼저 손소교에게 다가가, 그녀의 머리에 손을 얹고 그녀의 내력을 살짝 불어넣었다.

외부의 내력을 느낀 손소교는 그것이 같은 화산의 내공임을 깨닫고는 부드럽게 받아, 무아지경에서 벗어났다.

"다, 단주?"

회복한 손소교의 눈동자는 또렷했다.

그러나 얼굴은 경악으로 물들어 있었다.

정채린이 내력을 회복하지 않았음을 깨달았기 때문이다.

그녀가 말했다.

"어서 날 도와서 다른 인원들도 깨워. 곧 강시 군단이 당도할 거야."

손소교의 머리는 어느 때보다 빠르게 돌아갔다.

그녀가 소리쳤다.

"추격하지 않을 거니까, 망볼 필요가 없다면서요? 어떻게 된 거예요, 단주?"

"설명할 시간 없어! 어서 검수들을 깨워!"

정채린은 그렇게 일갈한 뒤, 다른 검수들에게 가서 무아지경에서 벗어나도록 도와주었다.

손소교는 속에서부터 올라오는 격한 감정을 느꼈지만, 상황이 상황인 만큼 억지로 삼켜 냈다. 그러곤 정채린을 도와 검수들을 모두 깨웠다.

그동안 강시 군단의 거의 절반 이상이 가까이 다가왔다.

운기조식에서 깨어난 매화검수 모두는 사태를 파악하고는 말없이 정채린을 바라보았다.

정채린은 그들을 바라보며 말했다.

"난 내력을 회복하지 못해서, 더 함께할 수 없다. 앞으로 매화검수의 단주는 손소교다. 이의가 있더라도, 우선은 그녀를 따르고, 사태가 끝난 후에 제기하도록 해라."

"……."

"……."

침묵 속에서 정채린은 고개를 돌려 나지오를 바라보았다.

바닥에 앉아 있는 나지오는 지난 반 시진 동안 회복하기는 커녕, 오히려 더 악화된 상태였다. 눈동자의 초점도 맞추지 못했고, 숨소리도 거칠었다. 밖의 상황이 어찌 돌아가는지도 잘 파악하지 못하는 듯했다.

향검은 화산의 무학의 정점이다.

검기도 검강도 아닌 그 이상의 경지.

절정과 초절정을 넘은 반선의 것이다.

그것이 소모하는 것은 단순한 내력이 아니다.

이를 회복하기 위해선 오로지 화산에서만 채워질 수 있는, 화산의 정순한 기가 필요하다. 너무나 정순하고 순수하다 보니, 회복에 있어서는 조건이 까다로울 수밖에 없다. 그러니 신선이 되면 세속의 탁기는 독과 같다.

정채린은 모두를 뒤로하고 천천히 나지오에게 다가갔다.

그리고 그의 손을 잡고 그 옆에 앉았다.

매화검수들은 그때까지도 가만히 자리를 고수했다.

정채린은 고개를 들어 손소교에게 말했다.

"낙오자는 버린다. 잊었어? 나와 숙부라고 해서 예외를 두면, 결국 이 탈출은 성공할 수 없어. 그러면 화산은 맥이 끊길 거야. 그것만은 막아야지."

손소교는 두 눈에서 눈물을 흘리고야 말았다.

그녀가 물었다.

"마지막으로 하나만 물을게요. 저들이 우릴 추격하리라는 것은 어떻게 알고 있었어요?"

정채린은 희미하게 웃으며 대답했다.

"소청아를 저렇게 만든 자의 목적을 알거든."

"……."

"그는 새로운 화산을 만들고 싶어 해. 그래서 나와 숙부님이 남으면, 일단 우리를 상대할 거야. 시간을 끌어 줄게."

"그, 그런……."

"강시들이 거의 다 도착했다. 어서 가. 천마신교에 가서 운정 도사님과 심검마선을 찾아. 그 둘은 우릴 도와줄 거야."

손소교는 소매를 들었다. 그러곤 울음을 닦아 냈다.

팔을 내렸을 땐, 대화산파의 매화검수만이 남아 있었다.

"화산을 꼭 되찾을게요, 사저."

"응."

손소교는 고개를 돌리고 서쪽으로 경공을 펼치며 말했다.

"모두 매화검진을 펼치며, 나를 따라라!"

이에 매화검수들은 동시에 나지오와 정채린을 향해서 포권을 취하고는 손소교를 따라갔다.

그렇게 공터에는 나지오와 정채린이 남겨졌다.

강시 군단은 이제 백 장도 남지 않은 거리에서 다가오고 있었다.

나지오는 눈을 감은 채 겨우 입을 열어 미약한 소리를 냈다.

"내가 어리석었다. 화산을 진작 포기했어야 해."

정채린은 고개를 저었다.

"괜찮아요, 숙부. 화산은 숙부에게 있어 절대로 포기할 수 없는 거잖아요. 이해해요."

나지오는 기침을 했고, 다시금 피를 토했다.

정채린은 그를 천천히 눕혔고, 그녀의 무릎에 머리를 올려두었다. 얼굴 피부가 푸석하고 머리카락이 실처럼 얇아진 것이, 무리하게 선천지기까지 끌어다 쓴 듯싶었다.

나지오는 희미하게 웃었다.

"내가 이런 최후를 맞을 줄은 꿈에도 몰랐구나. 하기야 내가 아는 다른 입신의 고수들도 다 이런 허망하기 짝이 없는 최후를 맞았지. 결국은 인간인 거야. 모든 걸 초월한 듯했지만, 결국 하나에 얽매이니 모든 것이 얽매이는 것과 다를 것이 없어."

"숙부⋯⋯."

나지오는 눈을 감았다.

"더 재밌는 게 뭔지 아냐? 내가 화산을 포기 못 한 건, 채린
아. 내가 화산을 사랑하기 때문이 아니다. 그저 내 경지를 포
기 못했기 때문이야. 화산의 정기가 없으면 입신의 경지에서
추락하여 초절정에 머물렀을 테니까. 아니, 그보다 더 떨어졌
겠지, 흐흐흐. 난 그저 나를 필사적으로 지키려고 한 것에 불
과해."

"⋯⋯."

나지오가 메마른 손을 들어 올렸다.

그리고 정채린의 얼굴을 쓰다듬었다.

"하지만 넌 정말로 화산을 사랑했다. 너 자신보다도, 이세
상의 그 무엇보다도 화산을 사랑했어. 그래서 넌 화산을 위해
서 오히려 화산을 포기해야 한다는 걸 알았던 거지. 화산이
네게 가져다 주는 혜택과 위치와 무공이 아니라, 화산 자체를
사랑했기에 말이야."

정채린은 고개를 저으며 눈물을 흘렸다.

"숙부⋯ 아니에요. 저도⋯ 저도 그렇지 않았어요. 저도 제
자신을 누구보다 또 무엇보다 사랑했었어요."

"하지만 지금은 화산을 사랑하지. 그러면 된 것이다."

"……."

"말해 줄 수 있느냐? 무엇이 널 바꾸었는지? 마지막 가기 전에 듣고 싶구나. 평생 좇아도 알 수 없었고, 가질 수 없었던 그것이 무엇인지 내게 알려 줘."

정채린은 눈이 촉촉해지는 것을 느꼈다.

하지만 곧 울음기를 삼키고는 말했다.

"내가 아무것도 아닌 것을 깨달았어요."

"……."

"그뿐이에요, 숙부."

나지오의 입꼬리가 살짝 내려갔다.

그는 곧 나지막하게 말했다.

"난 평생 그걸 몰랐구나. 그걸 몰랐어."

"……."

"하기야 전혀 모를 수밖에. 처음 화산에 들어온 것도 네 어머니의 뒤꽁무니를 좇아온 것에 불과했지. 자질이 너무나 부족하여 제대로 된 무공심법 하나 익히지 못하고, 감옥에 갇혀 있던 마인이 준 마공을 통해서 화산의 정수를 깨달으려 했어. 그렇게 화산을 떠나고 천마신교에 입교하여 나처럼 백도를 배신한 장로 아래에서 수없이 많은 악행들을 했다. 인정받기 위해서 백도에 크나큰 피해를 입히는 짓거리도 서슴지 않았단다. 그러다가 결국 너를 길러 준 정충 어른의 희생으로 역혈지체를 철소할 수 있게 되었지. 그리고 그의 수준을 이어받아 화산의 내공심법을 익혀 향검의 경지까지 이를 수 있었다."

"……."

"어느 것 하나, 나 홀로 해낸 것이 없는데도 난 이것이 마치 내 능력인 것처럼 굴었지. 재밌구나. 말하고 보니 다시 생각났어. 내가 자질이 너무나도 나빠, 누이가 아니었다면 화산에 들어가지 못했을 사람이라는 것을. 반선지경을 이루고 나니, 내가 보잘것없는 존재였다는 걸 완전히 잊고 있었다."

"……."

"묘하구나, 묘해. 도란 묘하기 그지없어. 무를 좇아 달리고 또 달려 나가도, 결국은 제자리에 돌아와 이렇게 죽음을 맞이하는구나. 묘하다, 묘해."

한탄하는 그의 소리는 심금을 울렸다.

형용할 수 없는 슬픔에 젖은 정채린은 문득 주변에서 소리가 들리지 않는다는 것을 깨달았다.

그녀가 고개를 들어 주변을 바라보았다.

강시 군단은 그들을 중심으로 대략 10장 정도에 원의 형태로 포위하고 있었다. 하지만 그 안으로는 들어올 생각이 없는지, 가만히 서서 그들을 바라보고 있었다.

왜 공격하지 않는 것일까?

정채린이 영문을 몰라 자리에서 일어났는데, 한 방향의 강시들이 양옆으로 밀려나면서 길을 만들었다.

그리고 그 길 사이로 소청아가 먼저 천천히 걸어왔고, 그 뒤를 장신의 노인이 따라왔다.

정채린의 얼굴이 분노로 일그러졌다.

"소타선생!"

소타선생 지자추는 귀까지 걸리는 미소를 지으며 더욱 가까이 걸어왔다. 소청아도 그보다 반보 앞에서 걸었다.

대략 1장 정도 떨어진 거리에 선 그가 입을 열었다.

"오랜만이구나, 채린아."

정채린은 눈을 부릅뜨고 그를 지켜보았다.

"역시 당신이로군요."

지자추는 앙상하고 긴 두 팔로 팔짱을 꼈다.

"당연히 노부지. 노부가 아니라면 감히 누가 한낱 시체를 향검의 경지에 이르게 할 수 있겠느냐?"

정채린은 씹어 내뱉듯 말했다.

"당신은… 당신은……."

분노가 북받쳐 오르니, 말도 잘 나오지 않았다.

지자추는 자랑스럽다는 표정으로 소청아를 흘겨보며 말했다.

"노부는 수십 년간 화산의 제자들을 돌보았다. 유년기에 있는 애들부터 노년에 이른 자들까지. 화산의 제자들 중 단한 명도 노부의 손을 거치지 않은 자들은 없어. 그러니 화산의 무공으로 다져진 육체에 대해서 노부만큼 아는 사람은 없지."

"……."

"그뿐이랴? 마에 빠져든 이들은 노부에게서 개마환을 타 먹었다. 노부는 그 대가로 그들이 익히고 있는 무공의 구결들을 요구했지. 다들 그것만은 안 된다며 단호하게 거절해도, 개마환을 더 발전시키기 위함이라는 한마디에 결국 전부를 내놓았다. 또한 자신의 마가 탄로 나 모든 것을 잃을 것이 두려웠기도 했겠지."

"……."

"너 또한 마찬가지다, 채린아. 넌 어린 나이에도 누구보다도 열심히 수련했지. 때문에 넌 열 살도 넘지 않은 나이부터 수시로 요유각에 들락날락거리지 않았더냐? 노부가 네 몸에 침을 꽂은 횟수만 해도 아마 만 번은 훌쩍 넘길 것이다."

"……."

"전에도 지금도 그리고 후에도, 노부만큼 화산파 무공에 대한 많은 표본을 가진 사람은 없다. 그러니 화산의 무학을 배우기에 노부보다도 더 좋은 스승이 어디 있겠느냐? 노부는 단순히 화산의 무학에 대해서 잘 아는 것을 넘어서 그것의 발전형까지도 만들어 낼 수 있다. 흔히들 무공을 완전히 익히면 10성. 창작자의 수준이 이르면 11성. 그리고 그보다 더 위에 있으면 12성이라고 하지. 그런 의미에서 노부는 직접 익히지는 않았으나, 화산의 모든 무공을 12성 대성했다."

정채린은 감정을 추스르며 씹어 내뱉듯 말했다.

"화산의 무학에 마공이 끼어들 틈은 없습니다."

지자추는 비웃었다.

"왜 없어? 그런 맹목적인 믿음이 오히려 모든 것을 가리는 것이다. 화산의 무공은 분명한 한계점이 있어. 아니, 모든 백도의 무공이 그러하지. 네 옆을 봐라. 입신의 경지에 이른 태룡향검도 선기를 회복하지 못해 저리 죽어 가고 있지 않느냐? 화산의 내공은 화산의 정기에 얽매어 있기에, 그것이 없으면 아무것도 아니게 된다. 속이 없는 빈껍데기에 불과하지."

"……."

"하지만 마공은 그렇지 않아. 자기 자신, 즉 자신의 마음을 기준으로 두기에 그것은 외부의 어떤 것에도 얽매일 필요가 없다. 이래도 화산의 무학에 마공이 끼어들 틈이 없다 하겠느냐?"

정채린은 고개를 저었다.

"사람의 마음이 어찌 태산보다 더 견고하다는 것입니까? 만약 그렇다면 이미 세상은 마도천하가 되었을 겁니다."

"그래서 그렇게 되고 있었지 않느냐? 천마신교가 중원을 장악하지 못한 것은 이계에서 마법이 넘어왔기 때문이야. 그것이 아니라면 이미 마도천하가 되었을 것이다."

정채린은 고개를 마구 저었다.

그러더니 나지막하게 말했다.

"됐습니다. 화산의 제자도 아닌 자와 화산의 도에 대해서 논하고 싶지 않습니다."

지자추는 재밌다는 듯 손을 비볐다.

"그래. 어렸을 때부터 헛바닥은 네 장기가 아니었지."

정채린은 더욱 얼굴을 일그러뜨리더니 말했다.

"왜 이렇게 시간을 질질 끄시는지요. 어서 죽이시지요."

지자추는 양손의 손바닥을 보이더니 씩 웃으며 말했다.

"기회를 주마, 정채린. 많은 시간을 허락해 줄 테니, 나지오의 내공을 이어받거라. 정순하기 짝이 없는 화산의 내공이니 충분히 가능하지 않느냐? 모든 것이 부족하고 불완전한 백도의 무공에서 유일하게 하나 쓸모 있는 것이 있다면, 서로가 서로에게 내공을 전가하기 쉽다는 것이지. 그 장점을 십분 발휘해서 네 수준을 최고로 끌어올려."

그 말에 나지오의 눈썹이 크게 꿈틀거렸다.

정채린은 눈초리를 모으며 물었다.

"무슨 꿍꿍이십니까?"

지자추는 사악하게 말했다.

"노부는 노부가 만든 화산이 너의 화산보다 우월하다는 것을 증명할 것이다. 넌 네 숙부의 도움을 받아가며 최선을 다함에도, 소청아를 결국 꺾지 못할 것이다. 그리고 그때 넌 천마신교 낙양본부에서 노부의 제안을 거절한 것을 철저하게 후회하게 될 것이다, 흐흐흐."

지자추는 그 뒤 그 자리에 털썩 주저앉아 정채린을 노려보았다.

보란 듯이 회복할 시간을 주겠다는 뜻이었다.

"채린아."

미약한 나지오의 목소리에 정채린이 고개를 돌려 그를 내려다보았다.

나지오는 입을 살짝 벌려 뭐라고 말했지만, 들리지 않았다.

때문에 정채린은 그 자리에 앉아, 그의 입가에 귀를 가져가야 했다.

"말씀하세요, 숙부."

나지오가 거의 들릴락 말락 한 목소리로 말했다.

"소타선생의 말이 맞다. 백도의 무공은 자질을 많이 타고 제약도 많으며 또 익히기가 까다롭지만, 이 모든 것을 감안하더라도 중원의 중심이었던 이유는 제자끼리 같은 내공을 쌓는다는 점이다."

"……."

"단순히 내력이 아니다. 내공 그 자체를 줄 수 있다. 그것이
수백 년 동안 쌓여 왔기에, 지금의 백도가 있을 수 있던 것이
다."

정채린은 고개를 저었다.

"숙부, 아무리 숙부가 제게 내공을 물려주신다 해도 제가
그것을 감당할 수 없어요. 소청아는 향검을 펼칠 수 있잖아
요. 향검은 단순히 내공의 깊이가 아니라 깨달음의 경지인데,
제가 숙부님의 내공을 받는다 해서 달라질 것이 무엇인가요?"

이에 나지오는 씨익 웃었다.

"화산의 무학을 마공으로 모방한 건 소타선생보다 내가 먼
저다. 소청아의 향검도 결국 마공으로 모방한 것에 지나지 않
아. 고작해야, 묘한 냄새를 뿌려 환각을 일으켜 이상향을 보
여 주는 것뿐이지. 화산의 향검은… 그따위 수준의 것이 아니
다."

정채린이 떨리는 목소리로 되물었다.

"그것이… 아니었나요?"

나지오는 부드러운 미소를 지었다.

"화산의 도는 무엇이냐? 화산은 무엇을 숭배하느냐? 화산
은 무엇을 좇느냐?"

그것은 갓 입문한 소년 소녀들도 아는 것이다.

정채린은 조용히 중얼거렸다.

"아름다움, 아름다움이에요, 숙부."

나지오는 더욱 깊은 미소를 지었다.

"채린아, 넌 이미 향검이 무엇인지 그 깨달음을 가지고 있다. 나보다도 더한 깨달음을 가지고 있어. 네가 진정으로 깨닫지 못하는 건, 네가 이미 향검을 깨달았다는 사실뿐이야. 그러니 내게서 충분한 내공을 받는다면, 넌 향검을 펼칠 수 있을 게다. 저 시체가 모방하는 가짜와는 비교할 수 없는 진짜 향검 말이다."

정채린의 눈동자가 크게 흔들렸다.

"하지만 숙부, 전 추해요. 너무나 추한 사람이에요. 제가 어찌… 제가 어찌 아름다움을 담아낼 수 있겠어요?"

"……."

그녀의 몸 또한 떨리기 시작했다.

"숙부께선 제가 얼마나 추한 사람인지를 알지 못하셔서 그래요. 저처럼 독선적이고 위선적이며 나약하고 거만한 사람이… 이 세상에 또 어디 있다고… 어떻게 감히… 아름다움을… 전 할 수 없어요, 숙부."

"……."

그녀는 결국 눈을 감으며 고개를 떨궜다.

"할 수 없어요."

나지오는 눈을 들어 그녀를 올려다보았다.

그러곤 천천히 손을 들어 그녀의 뺨을 어루만졌다.

"그러니 몸부림을 치는 게지."

그 순간 정채린의 두 눈이 크게 뜨였다.

흔들리던 눈동자도, 떨리던 몸도 일순간 멈췄다.

이 세상 모든 것이 그녀를 따라 침묵했다.

나지오가 나지막하게 말을 이었다.

"본래 백도에선, 입신에 들기 위한 조건으로 가장 중요한 것이 깨달음이며, 이에 수단이 되는 내공은 일 갑자면 충분하다고 한다. 억지로 이리저리 수준을 끌어올린 초절정보다는 차라리 절정이 나아. 나 또한 그러했다. 그러니 내가 네게 필요한 내공을 넘겨주겠다. 그러니 내공을 받거라, 채린아."

그 말에 그녀는 정신을 차리곤, 빠르게 말했다.

"안 돼요, 숙부. 절대로 숙부를……."

나지오가 단호한 목소리로 정채린의 말을 잘랐다.

"착각하지 마라. 널 위해서가 아니야. 네가 내 질녀이기에 주겠다는 게 아니야. 이것은 본래 내 것이 아니다. 화산에게서 받은 것이니 화산의 제자인 네게 물려주는 것이다. 네가 화산의 제자이기에, 화산의 미래이기에 주겠다는 것이다."

정채린은 그럼에도 고개를 저었다.

"안 돼요. 전 받을 수 없어요. 전 어머니를 잃었어요. 또 아버지를 잃었어요. 숙부까지 잃을 순 없어요."

나지오는 희미한 미소를 지었다.

"설사 여기서 우리가 이긴다 한들 저자가 우릴 살려 보내겠느냐? 우리가 여기서 해야 하는 건 저 오만한 자에게 화산의 가르침을 내리는 것이다. 그러니 내게서 내공을 받아라, 채린아."

"숙부……."

나지오는 핏물을 한번 삼키곤 말했다.

"네 아버지 정충은 엄밀히 말해 나와는 아무런 상관도 없는 사람이었다. 화산의 장문인과 화산의 제자라는 그 관계조차도, 내 스스로 집어 던졌으니까 말이다. 하지만 그는 나의 역혈지체를 철소하기 위해서 자신의 목숨을 던졌단다. 그리고 그의 내공을 내게 주었다. 오늘 난 그 은혜를 갚고 싶다."

정채린은 두 눈을 지그시 감았다.

생각에 생각을 거듭한 그녀는 곧 지자추에게 고개를 돌리고 말했다.

"소타선생, 당신의 말을 듣겠습니다. 그러나 숙부께서 제게 내공을 전가한 이후 죽지 않도록 해 주십시오. 당신의 의술이라면 가능하겠지요. 혹시라도 숙부가 죽는다면 전 싸우지 않을 것입니다."

지자추는 손을 마구 비볐다.

"클클클, 뭐, 그야 어려운 일이 아니지! 화산의 무공에 관한 지식과 화산파 제자들을 치료한 경험, 그리고 거기에 더불어서 이계의 마법까지 배운 나에게 그 정도는 일도 아니다. 대신 네년은 최선을 다해서 소청아를 상대해야 할 것이다. 알았느냐? 클클클."

지자추는 진심으로 도와주려는 듯 품속에서 그의 금침을 꺼냈다.

정채린이 딱딱하게 말했다.

"행여나 속일 생각은 하지 마십시오."

지자추는 피식 웃었다.

"걱정 마라. 절대로 그럴 일은 없을 테니까. 내가 원하는 것은 네가 화산의 무학을 최고조로 갖추는 것이다. 그리고 그것을 내 작품인 소청아가 깨트리는 것이지. 그러니 속임수 따위는 없다. 네게 속임수를 부리면 이 짓을 하는 의미가 없으니까!"

"⋯⋯."

"가부좌를 틀어라, 클클클! 어서! 그리고 내력을 이어받아! 흐흐흐, 그러면 나머지는 내가 알아서 하마!"

그의 모습은 과거 정채린을 치료해 주던 소타선생의 그것과 전혀 다를 것이 없었다.

정채린은 이대로 지자추가 다가오면 암살할까도 생각했다. 하지만 그것은 곧 그녀 스스로가 화산의 무학을 부정하는 꼴이 되는 것이다.

나지오는 반신반의하는 정채린에게 조용히 말했다.

"미친놈들만큼 믿을 만한 놈들도 없어. 그러니 그의 말대로 해라, 채린아."

정채린은 나지오를 향해 고개를 끄덕인 뒤 가부좌를 틀었다. 그러자 지자추가 다가와 나지오를 억지로 일으켰다. 그녀의 뒤쪽에 가부좌를 틀게 만든 뒤에 긴 금침을 이용해서 나지오와 정채린의 여러 기혈을 관통했다.

"클클클, 이렇게 하면 훨씬 더 빨라질 거다. 게다가 네 숙부는 죽지 않을 거고."

확실히 속임수는 없는지, 금침을 통해서 전해지는 내공은 매우 빨랐고 손실이 극히 적었다. 또한 주변의 대자연의 기운까지도 빨아들였다.

덕분에 대략 반 시진도 지나지 않아, 나지오에게 있던 내공이 정채린에게로 스며들었다.

이를 확인한 지자추는 양 입꼬리를 입에 건 채로 금침을 모두 뽑았다. 그러자 정채린이 눈을 번쩍 떴고, 나지오는 힘없이 옆으로 쓰러졌다. 이를 느낀 정채린이 나지오를 홱 돌아보았는데, 다행히 나지오는 미약하게나마 숨을 쉬고 있었다.

고통은 없어 보였다.

지자추가 말했다.

"네 내력을 가득 채워 준 것은 물론이고, 덤으로 태룡향검의 외상까지 모조리 치료해 줬다. 그러니까, 정말 제대로 싸울 수 있겠지, 채린아?"

금침을 품에 넣는 지자추의 표정은 괴기하게 씰그러져 있었다.

정채린은 나지오의 손목을 들어 맥을 살폈다.

확실히 안정적이다.

그녀는 곧 지자추를 노려보며 말했다.

"좋습니다."

지자추는 흥분한 표정으로 쓰러져 있던 나지오를 양손으로 들었다.

"좋아, 좋아, 좋아. 자리를 만들어 주마, 채린아. 응? 정말이지 네가 승리하기를 바란다. 꼭 말이다, 흐흐흐흐."

비꼬는 말인지 아니면 진심인지 모를 말을 남기며, 그는 강시 군단이 있는 곳까지 물러났다.

10장 넓이의 공터.

정채린과 소청아는 서로를 마주 보았다.

그리고 정채린은 왼손을 입에 가져간 뒤, 천천히 검을 들었다.

그러자 소청아도 마찬가지로 검을 들었다.

소청아가 먼저 검무를 추기 시작했다.

그러자 그녀의 몸에서부터 향검이 뿜어졌다.

정채린은 눈을 감고 고요하게 자세를 유지했다.

곧 소청아의 향검이 사납게 달려들어 정채린을 완전히 덮어버렸다.

"하! 어리석은 것! 흐흐흐, 으하하, 으하하!"

지자추는 승리를 예감하고는 하늘 높이 고개를 들고 웃었다.

그것은 일대 공터를 전부 울리는 듯한 광소였다.

하지만 정채린에게는 그 소리가 들리지 않았다.

환각 속에서 다른 소리를 듣고 있었기 때문이다.

소청아가 말했다.

"사저, 이만 포기하세요. 절 이기실 수 없어요."

"……."

"아무리 내공을 받았다고 하지만, 이제 막 받은 거잖아요? 그걸로 어떻게 절 이기실 수 있겠어요?"

"……."

"이제 푹 쉬세요. 앞으로 화산은 제가 꾸릴게요."

정채린은 이 모든 말을 들으면서도 미동조차 하지 않았다.

신선(神仙)의 선(仙)은 본래 선(僊)이라.

춤사위를 뜻하는 것이라.

그것으로 아름다움을 추구하는 것이다.

그로써 신에 도달하는 것이다.

하지만 추하디추한 인간에게 어찌 그것이 가능하겠는가?

어찌 신이 될 수 있겠는가?

그러니 몸부림치는 게다.

그녀가 입을 열었다.

"청아야, 네가 내뿜은 향검은 강시에게 영향이 없지. 냄새를 맡지 못하는 것에 냄새를 맡게 하지 못했어. 만약 내 숙부가 보름 가까이 향검을 펼쳐서 지친 상태가 아니었다면, 네 조잡한 향검으론 조금이라도 밀어내지 못했을 거야."

"……."

"향검은 적에게 이상향을 보여 줌으로 스스로 숨을 거두게 만든다 하지. 내 이상향은 뭘까? 운정 도사와 함께 여생을 보내는 걸까? 아니야. 만약 그랬다면, 화경전에서 널 마주했을 때, 난 이미 죽었어야 해. 만약 그랬다면, 지금 또 운정 도사님이 보여야 해."

"……."

"네 향검은 그저 특이한 냄새를 내뿜어 환각을 일으키고 또 그것을 통해서 어설픈 이상향을 보여 줄 뿐이야. 그것에 불과해."

그때까지 말이 없던 소청아가 얼굴을 찡그렸다.

"재밌는 말씀을 하는군요, 사저. 그럼 그게 향검이지 무엇이 향검이라는 건가요?"

정채린은 검을 들어 올렸다.

"나도 잘 몰라. 그저……."

"그저?"

"몸부림을 치는 거야."

정채린은 화산의 검무를 추었다.

춤을 추었다.

아름다움을 향한 몸짓은 결코 닿을 수 없었다.

도달하지 못하는 곳을 향한 애절함이 있었다.

간절함은 있었다.

하루만 사는 벌레에도 생명은 있다.

바람에 날리는 먼지에도 무게는 있다.

그러니, 추하디추한 이 영혼에도 아름다움은 있을 거다.

이를 봐 달라, 이를 봐 달라.

빌고 애원하고 울었다.

또 웃었다.

팔이 두 개밖에 되지 않아 안타깝다.

손가락이 열 개밖에 되지 않아 슬프다.

이 보잘것없는 건 도저히 들어차지 않으니,

긁어 다한 마음도 차오르지 않으니,

네 앞에서 힘껏 흔들어 겨우 존재한다.

몸부림이라.

나는 그저 몸부림이라.

정채린의 향검은 그녀의 몸짓에서부터 솟아났다. 실타래에서 풀리는 실처럼 한 줄로 이어진 그것은 모든 이의 콧잔등을 스치고 지나갔다.

소청아도 지자추도 그리고 강시 군단도.

모두 정채린의 아름다움을 느꼈다.

그리고 그 안에서 황홀경에 빠져 죽음을 맞이했다.

털썩.

털썩.

정채린과 나지오를 제외한 모든 것들이 힘을 잃었다.

그리고 그대로 땅에 꼬꾸라졌다.

정채린은 눈을 뜨고는 향검을 갈무리했다.

그리고 나지오를 보았다.

나지오는 부드러운 미소를 짓고 있었다.

"그래… 그것이 나를 패배케 했던 정충의 향검이다. 그것이야말로 화산에서 말하는 진정한 향검이야."

정채린은 기쁨을 주체하지 못하고 울음을 터트렸다.

그녀는 소녀처럼 나지오에게 달려와 옆에 앉았다.

"흐흑, 흐흑, 흑. 숙부… 흑, 흑."

"난 괜찮아. 지자추가 아주 치료는 기막히게 해 줬어. 내력은 없지만 생명에는 지장이 없으니까."

"숙부, 흐흑. 다행이에요. 정말, 다행이에요. 난, 정말……."

나지오는 손을 들어서 정채린의 머리를 쓰다듬어 주었다.

"괜찮다. 일단은 매화검수들과 합류하자. 다른 마법사가 없는 걸 보니, 우리를 추격한 건 소타선생 한 명뿐이야. 화산을 점거한 강령학파 마법사들은 그대로 있을 거다. 거기서 화산의 정기를 마구 사용하려 하겠지. 전처럼 마족을 만들려 할 수도 있다."

그녀는 눈을 두어 번 깜박였다.

그것을 모든 감정을 털어 버리곤 딱딱하게 말했다.

"숙부님 말씀이 맞아요. 마법사들의 목적은 어디까지나 화산의 정기니까. 소타선생은 그들에게 있어 숙부님의 향검을 뚫어 내기 위한 도구였을 거예요."

그때였다.

"단주!"

정채린은 손소교의 목소리에 고개를 돌려 그곳을 보았다.

　그곳에는 손소교와 매화검수들뿐 아니라 운정과 피월려 그리고 천마신교의 고수들이 뒤따르고 있었다.

　나지오가 피월려를 보며 외쳤다.

　"이 굼벵이 자식아! 내가 보름 가까이 얼마나 지랄 같은 꼴이었는 줄 알아?"

『천마신교 낙양본부』 24권에 계속…